Susanne Mischke

Mordskerle

Susanne Mischke

MORDSKERLE

Kleine böse Geschichten

zuKlampen!

www.zuklampen.de

Satz: Germano Wallmann · Gronau · www.geisterwort.de
Umschlaggestaltung: © Hildendesign · München · www.hildendesign.de
Bildmotiv: © HildenDesign unter Verwendung mehrerer Motive
von shutterstock.com
Druck: CPI – Clausen & Bosse · Leck

ISBN 978-3-86674-548-3

Bibliografische Information der Deutschen Nationalbibliothek
Die Deutsche Nationalbibliothek verzeichnet diese Publikation
in der Deutschen Nationalbibliografie; detaillierte bibliografische Daten
sind im Internet über <http://dnb.dnb.de> abrufbar.

Inhalt

Tod einer Weinkönigin

»Für das Protokoll: Sie sind Herr Heiner Kiebitz, geboren am 11. Mai 1967 in Wiesbaden, wohnhaft in Wiesbaden, von Beruf Weingroßhändler.«

»Jawohl, Herr Richter. Spezialisiert bin ich auf Rheingauer Rieslinge und toskanische Rote, aber Sie können bei mir auch ...«

»Schon gut, das gehört jetzt nicht hierher. Herr Kiebitz, geben Sie zu, Ihre Frau Petra Kiebitz, geborene Werner, am Abend des 10. September 2006 im Wohnzimmer Ihres Hauses mit einer Weinflasche erschlagen zu haben?«

»Einer *Weinflasche!* Also wirklich!«

»War es denn keine Weinflasche, Herr Kiebitz?«

»Nichts für ungut, Herr Richter, aber es war ein 88er Tignanello. Außerdem war die Flasche leer. Einen solchen Tropfen dekantiert man selbstverständlich schon Stunden vorher.«

»Sie geben aber zu, dass Sie mit dieser leeren Flasche Ihrer Gattin viermal auf den Kopf geschlagen haben.«

»Viermal?«

»Das geht aus dem forensischen Gutachten hervor.«

»Mag sein. Ich kann mich kaum daran erinnern. Ich war zu dem Zeitpunkt völlig weggetreten.«

»Es wurde Ihnen eine Blutprobe abgenommen, Herr Kiebitz. Zur Tatzeit hatten Sie lediglich einen Alkoholgehalt von

0,8 Promille im Blut. Nicht gerade die Menge, bei der ein kräftiger Kerl wie Sie nicht mehr weiß, was er tut, oder?«

»Ich meine damit nicht, dass ich betrunken war. Ich bin ja gar nicht zum Trinken gekommen! Ich war außer mir vor Wut – über dieses Weibsbild!«

»Warum waren Sie so wütend auf Ihre Frau, Herr Kiebitz?«

»Herr Richter, sind Sie Weintrinker?«

»Meine Trinkgewohnheiten tun hier nichts zur Sache.«

»Oh, doch, Herr Richter. Denn sonst können Sie mich ja gar nicht verstehen.«

»Na, schön. Ich trinke abends gern einmal ein Glas Rotwein«

»Das habe ich Ihnen gleich angesehen, dass Sie ein Kenner sind!«

»Herr Angeklagter, beantworten Sie bitte meine Frage. Warum waren Sie an dem besagten Abend so wütend auf Ihre Frau?«

»Es war ja nicht nur der Abend. Ich war schon ziemlich lange stinksauer auf sie.«

»Können Sie uns die Gründe dafür vielleicht näher erläutern?«

»Das kann ich, Herr Richter, das war nämlich so: Als ich die Petra kennengelernt habe, das war im Sommer 1998, da war sie die Weinkönigin von Trier gewesen. Sie hätten sie sehen müssen, Herr Richter, mit ihren blonden Haaren und dem Krönchen! Und so knackig wie eine reife Rieslingtraube ... Ich habe mich gleich in sie verliebt. Wir haben ja auch gut zusammengepasst. Mein Vater, müssen Sie wissen, ist Winzer. Wenn Sie mal einen ehrlichen, anständigen Rheingauer Riesling haben möchten ...«

»Bitte, Herr Kiebitz. Bleiben Sie beim Thema.«

»Das ist das Thema, Herr Richter. Eine Weinkönigin! Also, ich möchte wirklich mal wissen, nach welchen Kriterien die in Trier ihre Weinköniginnen aussuchen. Wahrscheinlich nur nach der Schönheit. Ich meine, mal unter uns, Herr Richter: Von einer Weinkönigin kann man doch wohl erwarten, dass sie sich ein klein wenig für Wein begeistert, oder?«

»Herr Kiebitz, hat das mangelnde önologische Interesse Ihrer Gattin denn irgendetwas mit der Tat zu tun, die man Ihnen zur Last legt?«

»Doch, das hat es. Also ... zuerst hat sich die Petra schon für die Sache begeistert, zumindest, solange sie Weinkönigin war. Erst später hab ich gemerkt, dass sie eigentlich gar kein Verständnis für die Materie hat. Aber da war es schon zu spät. Da waren wir schon verheiratet.«

»Es war für Sie als Weingroßhändler also ein Problem, dass Ihre Frau Ihre Leidenschaft des Weintrinkens nicht teilte.«

»Was heißt, Problem? Sie hätte ja nicht unbedingt mittrinken müssen, so ein Fläschchen am Abend schaff ich auch allein. Aber ein wenig Verständnis kann man doch erwarten.«

»Inwiefern?«

»Schauen Sie, Herr Richter, das war so: Wir haben das Haus auf dem Neroberg gekauft und renoviert, und ich habe mir im Keller einen schönen großen Weinkeller eingerichtet – nur so für mich, privat, sozusagen. Dafür musste natürlich der Betonboden raus und Lehmziegel mussten verlegt werden. So was ist nicht billig. Allein, bis ich die Ziegel aus Rumänien importiert hatte ... Und natürlich braucht es ein bisschen Kapital, bis so ein Grundstock an Wein vorhanden ist, das muss doch jeder Frau klar sein, besonders, wenn sie mal

Weinkönigin war und einen Winzersohn heiratet, nicht wahr Herr Richter?«

»Aber Ihrer Frau war das nicht so klar, oder, Herr Kiebitz?«

»Nein. Sie wollte einen Swimming-Pool. Meinetwegen, habe ich gesagt, aber erst kommt der Keller, dann der Pool. Danach hat mir dieses Frauenzimmer sozusagen den Krieg erklärt. Mir und vor allen Dingen meinem Weinkeller. Wann immer eine Weinlieferung eintraf, hat sie wegen der Rechnung gezetert, und dass sie noch immer keinen Swimming-Pool hat. Danach ist sie aus purem Trotz losgezogen und hat halb Wiesbaden leergekauft. Designerfetzen und so Tinnef, die meisten Sachen davon hat sie gar nie angezogen! Ich trinke meinen Wein wenigstens! Bis auf den, den man lange lagern muss. Ich bin da vor Jahren schon relativ günstig an eine Kiste Chateau Margaux aus dem Jahr 1973 gekommen, ein grandioser Jahrgang ...«

»Herr Kiebitz!«

»Schon gut, Herr Richter. Ich komm gleich zum Punkt. Nur Geduld.«

»Strapazieren Sie sie nicht allzu sehr, Herr Kiebitz.«

»Wissen Sie, Herr Richter, ich koche auch gerne. Deshalb habe ich öfter Kunden zu einem schönen Essen mit Wein eingeladen. Als Weingroßhändler muss man seine Kundschaft sorgfältig hegen und pflegen. Das grenzt manchmal schon an Bestechung, Sie wissen, was ich meine ...«

»Herr Kiebitz ...«

»Naja, auf Sie trifft das vielleicht weniger zu, Herr Richter, Sie müssen sich um Ihre Kundschaft nicht sorgen. Schon gut, Sie brauchen nicht so bös zu gucken. Ich bin ganz bei der Sache. Wo war ich stehen geblieben?

»Beim Essen.«

»Ah, ja. Einmal waren vier Ehepaare eingeladen, und es gab einen unübertrefflichen 96er Riesling vom Schloss Johannisberg zum Zander. Ein ganz schmissiger Tropfen, sag ich Ihnen, der duftete nur so nach Holunderblüten, nach Minze, Zitrone und frisch gemähtem Gras. Dann kam sie. Hat am Glas gerochen wie ein Hund an seiner Schüssel und sagte: ›Der riecht wie Heiners Socken nach drei Tagen.‹ Sie können sich vorstellen, was danach für eine Stimmung herrschte. Ein Andermal hat sie vor versammelter Runde meinen Lieblings-Sangiovese als Katzenpisse bezeichnet. Ich habe es bald nicht mehr gewagt, Kunden zu uns nach Hause einzuladen. Freunde kamen auch immer seltener.«

»Warum haben Sie sich nicht von Ihrer Frau scheiden lassen?«

»Gute Frage, Herr Richter. Natürlich habe ich ihr das vorgeschlagen. Sie war auch einverstanden damit. Sie wollte mein halbes Vermögen, auch das aus der Firma und – und jetzt halten Sie sich gut fest an Ihrem Stuhl, Herr Richter – sie wollte die Hälfte des Inhalts meines Weinkellers. Von jeder Kiste die Hälfte. Und mein Anwalt hat mir bestätigt, dass sie damit womöglich sogar vor Gericht durchkommt. Da habe ich zu ihr gesagt, ich würde sie eher umbringen, als mich unter diesen Bedingungen von ihr scheiden zu lassen.«

»Eine Morddrohung also.«

»So was sagt man halt mal, wenn man eine Mordswut hat. Jedenfalls hätte ich nie zugelassen, dass sie die Hälfte meines Weinkellers kriegt. Unter diesen Umständen kam also eine Scheidung nicht in Frage. Daraufhin habe ich versucht, unsere Beziehung so gut es geht wieder zu kitten.«

»Wie denn, Herr Kiebitz?«

»Ich habe schweren Herzens die Kiste 73er Margaux versteigert und ihr im Garten diesen verdammten Swimming-Pool bauen lassen. Sie bräuchte das Schwimmen für ihre Figur, hat sie gesagt. Sie schwamm dann tatsächlich von Frühjahr bis Herbst jeden Tag ihre Bahnen. Unser Verhältnis schien sich zu bessern. Zumindest glaubte ich Idiot das. Sie trank ab und zu wieder ein Glas Wein mit mir und wollte sogar manchmal was über diesen und jenen Wein wissen. Mit der Zeit aber merkte ich, dass aus dem Weinkeller Flaschen fehlten. Ich führe nämlich ganz genau Buch darüber, was reinkommt und was rausgeht, und es fehlten jeden Monat so zehn, zwölf Flaschen, lauter teure. Ich installierte also heimlich eine Überwachungskamera – und schon am nächsten Tag war Petra zweifelsfrei überführt.«

»Was tat sie mit dem Wein?«

»Tja, genau das habe ich mich auch gefragt, Herr Richter!«

»Und?«

»Ich habe einen Detektiv engagiert, der hat es rausgefunden. Sie hatte einen Liebhaber. So ein Jüngelchen aus der Staatskanzlei. Wissen Sie, Herr Richter, das wäre mir egal gewesen, sie kann rumficken, mit wem sie will ...«

»Angeklagter, achten Sie bitte auf Ihre Wortwahl.«

»Verzeihung, Herr Richter. Ist mir so rausgerutscht. Also, der Liebhaber wär mir wurscht gewesen, aber dass sie Wein aus meinem Weinkeller klaut und ihn mit zu ihren Schäferstündchen nimmt, das geht doch zu weit, oder, Herr Richter?«

»Nun, wie gesagt, von Rechts wegen gehörte ihr der Weinkeller zur Hälfte.«

»Genau das hat sie auch gesagt. Also wirklich, Herr Richter, das mag ja gesetzlich so sein, aber das war eine kolossale Sauerei! Ich muss zugeben, als sie mir das kalt lächelnd ins Gesicht sagte, da reiften in mir tatsächlich Mordgedanken.«

»Welche Sie am Abend des zehnten September in die Tat umgesetzt haben.«

»Aber nein, Herr Richter, es war ganz anders ...«

»Herr Kiebitz! Hatten Sie am Abend des zehnten September Streit wegen des vermeintlich gestohlenen Weins? Oder wegen des Liebhabers? Erklären Sie mir jetzt um Himmels willen endlich, was geschehen ist!«

»Beruhigen Sie sich, Herr Richter, nur keine Aufregung. Ich bin doch die ganze Zeit schon dabei, Ihnen alles zu erklären. An dem Abend, als das mit Petra passiert ist, hatten wir keinen Streit. Ich hatte an dem Tag seit langem mal wieder einen neuen Großkunden gewonnen und wollte dieses Ereignis feiern. Deshalb hatte ich schon am Mittag ein ganz besonderes Fläschchen aus dem Keller geholt, nämlich den 88er Tignanello. Ich hatte ihn geöffnet und in eine Karaffe gefüllt. Die Flasche stand noch auf der Anrichte. Petra ging am Abend oft noch mal in ihren Swimming-Pool. Auch an diesem Abend schwamm sie, obwohl es draußen schon recht kühl und herbstlich war. Kurz nach acht, es war schon dunkel, kam sie herein. Sie trug ihren Bademantel und schlotterte vor Kälte. Ich bot ihr ein Glas Tignanello an, das sie auch annahm. Dann sagte sie, sie müsse sich erst aufwärmen.«

»Ja, und weiter? Was geschah dann?«

»Was sie dann tat, kann ich kaum beschreiben, Herr Richter, es treibt mir – wie Sie sehen – noch heute die Tränen in die Augen.«

»Versuchen Sie es trotzdem.«

»Petra ging mit dem Glas in die Küche. Ich ahnte nichts Böses, noch nicht. Ich hörte die Tür der Mikrowelle auf- und zugehen, und zwei Minuten später piepste es. Petra kam zurück ins Wohnzimmer. Sie hielt eine Tasse in der Hand aus der es dampfte und nach Wein roch. Mir schwante Furchtbares, und ich sagte: ›Du hast doch nicht etwa den Tignanello …?‹

Sie grinste nur. Herr Richter, dieses teuflische Grinsen, das hätten Sie sehen sollen.«

»Und da haben Sie die Beherrschung verloren und sie erschlagen.«

»Nein, Herr Richter.«

»Nein?«

»Erst, als sie vor meinen Augen einen Beutel Glühfix in die Tasse hängte – da habe ich sie erschlagen!«

Gnadenlos

Ewald Bärle schielte schon den ganzen Vormittag auf die blassgelbe Tür seines Büros. Bei jedem Geräusch schreckte er auf. Jetzt! Jetzt ist es so weit. Am liebsten hätte er diesen Tag frei genommen, aber das würde nichts nützen. Sie würden am nächsten Tag kommen, oder gar am Abend in sein Haus eindringen und dort tun, was sie anscheinend tun mussten. Nur das nicht!

Halb eins. Bis jetzt war alles ruhig gewesen. Zu ruhig. Man konnte liegengebliebene Dinge in Ordnung bringen, reinen Tisch machen. Einen besseren Zeitpunkt dafür würde es nie mehr geben.

Schon ein Uhr. Vielleicht ließen sie Gnade walten? Aber nein, Gnade kannten die nicht, nicht in solchen Fällen, und auch auf Vergessen brauchte er nicht zu hoffen. Nicht bei der Sorte von Leuten. Außerdem – die Gebhard trug ihren blauen Faltenrock, das gute Stück für den Ernstfall. Nein, er würde nicht davonkommen. Sie ließen sich einfach nur Zeit, wollten ihn so lange wie möglich schmoren lassen. Vielleicht waren noch gewisse Vorbereitungen zu treffen. *Ruhig, Bärle, ganz ruhig. Du wirst das durchstehen.* Ihm wurde heiß, Minuten später fröstelte er, und seine Hände fühlten sich fischig an, als er sie an die pochenden Schläfen legte.

Schritte auf dem Flur. Dumpfe, schwere Männerschritte. Stimmen wie Donnergrollen. Die Tür platzte auf wie eine zu lange gekochte Weißwurst, und in einer finsteren Prozession schoben sie sich herein, undurchdringlich die Gesichter. Der Anführer war Monz, der Ranghöchste, im schwarzen Anzug, wie zu seiner Beerdigung. Ekelhaft, wie die Gebhard nun so furchtbar überrascht tat. Dabei war garantiert sie es, die ihn verraten hatte.

Unauffällig griff Bärle in die Schublade seines Schreibtisches. Zärtlich tasteten seine Finger über den rauen, geriffelten Griff, den verspielten Schnörkel des Abzugs, den blanken, glatten Lauf. Er stellte sich vor, wie er die Waffe zücken, blitzschnell entsichern und abdrücken würde. Monz zuerst, mitten in die Brust. Sein Blut würde die schneeweiße, frisch gestärkte Bluse der Gebhard beschmutzen, aber das wäre egal, denn sie wäre die nächste. Niemals mehr wäre er dem Anblick ihres Faltenrocks zu Birkenstock-Sandalen ausgesetzt. Schiere Panik wäre die Folge seines Tuns, und in diesem infernalischen Durcheinander könnte man es getrost dem Zufall überlassen, wen die anderen vier Kugeln niederstreckten. Ein kleines Massaker zur Mittagszeit. Nie mehr würden sie »Mahlzeit« durch die Gänge blöken.

Bärle zog die Hand mit dem schwarzen Etwas darin aus der Schublade. Schicksalsergeben seufzend hängte er sich die Krawatte um. Vielleicht, so hoffte Hauptkommissar Ewald Bärle dabei tapfer, wird dieses zwanzigjährige Dienstjubiläum doch nicht gar so schlimm werden.

Sheepnapping

Die Morgensonne blinzelt durch die Gardinen und scheint Hauptkommissar Bodo Völxen ins Gesicht. Es ist Samstag, er könnte ausschlafen, aber er hat einen fürchterlichen Brand. Gestern war das Sommerfest der freiwilligen Feuerwehr, ein Pflichttermin für alle Dorfbewohner, auch für ihn und seine Frau Sabine. Brummschädelig und etwas kreuzlahm quält er sich die Treppen hinunter und begrüßt den Terrier Oscar, ehe er sich an den Wasserhahn hängt. Schon besser.

Wie jeden Morgen führt ihn sein erster Gang durch den Garten, der dieses Jahr besonders schön ist, hinüber zur Schafweide. Die Taschen seines Bademantels sind mit Zwieback gefüllt. Unterwegs erleichtert er sich hinter dem Holzschuppen, während Oscar sein Bein an der Regentonne hebt. Auch das gehört zum Morgenritual, doch danach ist plötzlich nichts mehr so wie sonst. Denn als Völxen an der Weide ankommt, steht das Gatter weit offen. Die Schafe haben sich nicht, wie üblich, unter dem Apfelbaum zusammengerottet und sie sind auch nicht im Schafstall. Sie sind weg! Völxen fühlt sich wie vom Blitz getroffen. Hat jemand nachts das Gatter geöffnet? Irren die vier Schafe und Amadeus, der Bock, jetzt im Dorf herum oder, Gott bewahre, auf der Bundesstraße? Panik ergreift ihn, als er plötzlich ein Stück Papier bemerkt, das jemand mit einer Wäscheklammer an den Zaun geheftet hat. Darauf steht eine Handynummer. Sonst nichts.

So schnell ihn seine Gummistiefel tragen, rennt Völxen zurück ins Haus, sucht sein Telefon, wählt die Nummer.

»Ja?« Eine Frauenstimme.

»Wer sind Sie, wo sind meine Schafe?«

»Wer ich bin, tut nichts zur Sache«, sagt die fremde Stimme. Es scheint eine jüngere Frau zu sein. »Ihren Schafen geht es gut, und Sie bekommen sie zurück, wenn Sie etwas für mich tun.«

»Wie bitte?«

»Es geht um den Überfall auf die Postagentur letzte Woche. Der, den die Polizei festgenommen hat, ist unschuldig! Ich möchte, dass Sie das beweisen und den wahren Täter finden.«

»Hören Sie mal, junge Frau!«, bellt Völxen in den Hörer. »Ich bin Leiter der Mordkommission und nicht für solche Lappalien ...« Aufgelegt. Völxen flucht, der Terrier verdrückt sich mit angelegten Ohren unter den Küchentisch.

»Was ist denn los?«, fragt Sabine, die leicht verkatert im Türrahmen steht.

»Was los ist? Jemand hat unsere Schafe entführt!«

Etwa fünfzehn Kilometer weiter nördlich, in einer großen Altbauwohnung in Hannover-Linden, klingelt das Handy von Fernando Rodriguez und reißt ihn aus einem frivolen Traum, in dem seine Kollegin Jule Wedekin eine tragende Rolle spielte. Noch halb im Schlaf nimmt er das Gespräch an. Völxen? Am Samstagmorgen um ... halb acht! Sein Chef klingt aufgelöst, faselt etwas von entführten Schafen und einer Handynummer, die er, Fernando, sofort überprüfen soll.

»Moment!« Fernando steigt aus dem Bett, taumelt zur Tür und ruft: »Mama! Bring mir sofort einen Stift und Papier!«

»Bin ich dein Dienstmädchen?«, tönt es widerspenstig aus der Küche.

»Es ist der *comisario*, es ist wichtig!«

»*El comisario?*« Schon ist Pedra Rodriguez zur Stelle und reicht ihrem Sohn Block und Kuli. »Was ist denn passiert, wieder ein grässlicher Mord?«

»Sei doch mal still, ich hör ja sonst nichts«, zischt Fernando, während er die Nummer notiert. »Ja, ich kümmere mich darum. – Ja, sofort! – Ehrlich! Ich ruf dich an.« Er legt auf. »Herrgott noch mal, der und seine verdammten Schafe!«

»Nando! Fluch nicht!« Pedra Rodriguez bekreuzigt sich und funkelt ihren Sohn böse an. »Denk daran, du hast es dem *comisario* zu verdanken, dass du als Junge nicht auf die schiefe Bahn ...« Aber Fernando, der diese Leier schon tausendmal gehört hat, knallt ihr die Tür vor der Nase zu.

»Wenn ich nur wüsste, wie ich heute noch an die Fallakte rankomme«, jammert Völxen, während er ruhelos in der Küche auf und ab tigert.

»Wozu brauchst du denn eine Fallakte? Frag doch einfach deine Ehefrau!« Sabine Völxen reicht ihm einen Becher Kaffee und befiehlt ihm, sich hinzusetzen und sich zu beruhigen.

Da ihm im Augenblick auch nichts anderes übrig bleibt, leistet Völxen Gehorsam.

»Vergangenen Dienstag wurde die Postagentur im Nachbarort überfallen. Du weißt schon, der Schreibwarenladen, der den ganzen Krimskrams führt, den kein Mensch braucht.

Diese Agenturen haben meist keinerlei Sicherheitsvorkehrungen, und doch müssen sie Bargeld ...«

»Ja, ja, und weiter«, knurrt Völxen gereizt.

»Die Beute betrug ungefähr neuntausend Euro. Am Donnerstag wurde ein junger Mann verhaftet. Es gab zwei Zeugen. Einer ist ein älterer Mann, der gegenüber wohnt und ihn aus dem Laden rennen sah. Er hat ihn wohl zweifelsfrei anhand der Verbrecherkartei identifiziert. Der Zeuge heißt Buchholz, er war früher der Sargtischler im Dorf.«

Völxen nimmt sich vor, seine Kollegin Jule anzurufen und sie zu bitten, dem Herrn einen Besuch abzustatten.

»Die andere Zeugin ist Frau Lambert, unsere Gärtnerin«, fährt Sabine fort. »Die war dort einkaufen, als es passierte. Sie konnte allerdings nicht viel sehen, weil der Mann eine Maske trug.«

»Was ist mit der Inhaberin des Ladens?«, will Völxen wissen.

»Die hat einen Schock und erinnert sich an gar nichts.«

»Weißt du auch, wer verhaftet wurde?«

»Ja, der Autoschrauber-Alex. Alexander Kreipe. Er hat als Jugendlicher Tankstellen und Kioske überfallen und später eine Filiale der Volksbank. Dafür hat er drei Jahre gesessen. Vor zwei Jahren hat er geheiratet. Er hat einen festen Job in einer Autowerkstatt und eine einjährige Tochter. Es wäre tragisch, wenn er rückfällig geworden wäre.« Sabine Völxen ist fertig und schaut ihren Mann triumphierend an. »Na, wie war ich?«

»Ich wusste gar nicht, dass du so eine Dorftratsche bist!«

Ehe Sabine ihm sagen kann, was er sie mal könne, klingelt Völxens Handy.

Es ist Fernando. »Die Nummer gehört zu einer Julia Kreipe, zweiunddreißig, sie wohnt in eurem Kaff, *Hinter der Kirche 2.* Kann ich jetzt wieder ins Bett?«

»Nein. Finde heraus, ob es in ihrer Verwandtschaft jemanden gibt, der was mit Landwirtschaft zu tun hat.« Er legt auf und sagt zu Sabine: »Es muss jemand getan haben, der vom Fach ist. Um fünf Schafe zu entführen, braucht man einen Transporter, eine Rampe ... und außerdem ist mit Amadeus nicht zu spaßen.«

»Wem sagst du das?«, seufzt Sabine.

»Wissen Sie, ich stand zufällig am Wohnzimmerfenster, weil ich die Blumen gegossen habe. Da sehe ich den Typen aus dem Laden rennen, als wäre der Teufel hinter ihm her. Schnäpschen gefällig, junge Frau?« Schon pirscht sich der Zeuge Helmut Buchholz, achtundsiebzig Jahre alt und verwitwet, heran, in der einen Hand eine Flasche Doppelkorn, in der anderen zwei Gläser.

»Aber gern doch«, sagt Kommissarin Jule Wedekin. »Es ist ja schon ... zehn Uhr.«

Seine Hände zittern beim Eingießen, sodass die Hälfte auf dem klebrigen Linoleum landet. »Prösterchen!« Der Alte hebt sein Glas. Seiner Ausdünstung nach ist es nicht der erste Kurze dieses jungen Tages »Nicht lang schnacken, Kopp in' Nacken!«

Was sein muss, muss sein, denkt Jule und kippt den Schnaps hinunter. »Herr Buchholz, es hieß, der Täter habe eine Maske getragen. Wo war die denn, als er den Laden verließ?«

»Jedenfalls nicht mehr auf seinem Kopf. Wie hätte ich den Alex, diesen Tunichtgut, denn sonst erkennen können?«

»Stimmt auch wieder«, räumt Jule ein. »Wo lief der noch mal lang?«

»Genau hier, vor der Bushaltestelle, rannte er über die Straße.«

»Sie meinen dort, wo gerade der Mann mit der Aktentasche steht?«

Der Alte späht mit zusammengekniffenen Augen durch die staubige Fensterscheibe. »Ja. Dort, wo der Mann steht.«

Jule betrachtet die junge Frau mit dem Schäferhund, die als einzige Person an der Bushaltestelle wartet.

»Noch 'nen Kurzen, Frau Kommissarin? Auf einem Bein steht es sich so schlecht.«

Julia Kreipe ist in Tränen aufgelöst. Das mit den Schafen tue ihr leid, es sei eine Verzweiflungstat gewesen. »Der Alex, mein Mann, hat nichts mit dem Überfall zu tun! Aber er hat halt früher viel Scheiß gebaut, und wenn die dem das anhängen, sieht der unsere Sophie erst wieder, wenn sie eingeschult wird.«

Die Kleine sitzt auf einer Decke und nagt sabbernd an einem Stofftier.

»Und wieso ich? Wieso *meine* Schafe?«

»Weil Sie der Beste sind. Das erzählt man sich zumindest im Dorf.«

Völxen fühlt sich wider Willen ein wenig gebauchpinselt. »Nun ja ... Ich nehme an, meine Schafe sind auf dem Biobauernhof Ihres Onkels in der Wedemark?«

Die zarte Blondine zuckt zusammen. »Woher wissen Sie das?«

»Ich bin der Beste, bekanntlich«, versetzt Völxen. »Gnade Ihnen Gott, wenn sie traumatisiert sind!« Anschließend rät Völxen der Frau, den Anwalt ihres Mannes zu bitten, die Sehkraft des Zeugen Buchholz amtsärztlich untersuchen zu lassen. »Danach ist der Staatsanwalt diesen Zeugen los«, prophezeit er.

»Was ist mit der anderen Zeugin?«

»Die übernehme ich«, antwortet Völxen und steht auf. Als sie ihn zur Tür bringt, bemerkt er, dass sie ein wenig hinkt. »War das …«

»Ihr Schafbock. Ein hinterlistiges Biest! Wollen Sie den wirklich zurückhaben?«

Seit Ulla Lampert den Garten der Völxens unter ihren Fittichen hat, grünt und blüht es schöner denn je. Sie und der Hauptkommissar sind etwa gleich alt und haben sich immer gut verstanden. Aber nun, da Völxen die Frau in deren eigenem Garten antrifft, schaltet sie auf stur. Nein, sie habe den Täter in der Postagentur nicht erkannt. Dass Alex Kreipe entlastet sei, freue sie, aber sie könne Völxen nicht mehr sagen, als dass der Täter mittelgroß, von mittlerer Statur und mittelblond gewesen sei.

»Und seine Stimme?«, fragt Völxen.

»Die war … normal.«

»Ich glaube Ihnen nicht«, bekennt Völxen rundheraus. »Ich glaube vielmehr, Sie haben aus irgendeinem Grund Angst, mir die Wahrheit zu sagen.«

Da irre er sich, behauptet die Gärtnerin.

Völxen schüttelt enttäuscht den Kopf. »Schade«, verabschiedet er sich. »Dass Sie einen Straftäter decken, hätte ich nicht von Ihnen gedacht.«

In den folgenden Wochen kommt es Völxen so vor, als ginge ihm die Gärtnerin aus dem Weg. Schließlich lässt der Hauptkommissar die Sache auf sich beruhen. Was soll er auch tun? Es ist nicht sein Fall, die Schafe sind heil zurück, die Anklage gegen Alex Kreipe wurde fallen gelassen und vom Biohof in der Wedemark kommt ein intensiv duftendes Paket mit einem großen Laib Ziegenkäse darin.

An Weihnachten erreicht Sabine und Bodo Völxen eine Ansichtskarte aus Schottland: eine grüne Wiese mit einer Schafherde, dahinter erstreckt sich der Ozean. Grüße von Ulla Lampert.

»Ist sie ausgewandert?«, erkundigt sich Völxen.

»Ja. Ullas Tochter hat als Hostess auf der Messe *Eurotier* gejobbt und dort einen Schaffarmer von den Orkney Islands kennengelernt. Jetzt sind Mutter und Tochter dort hingezogen.«

»War die Tochter nicht mit einem Kerl aus Bothfeld verheiratet?«

»Ja, *war*. Ihr Ex scheint ein übler Typ zu sein. Auch gewalttätig, Ulla hat nie gern darüber gesprochen.«

An einem sonnigen Morgen im März, steht Völxen auf dem Balkon vor dem Schlafzimmer und inspiziert den Garten. Die ersten Tulpen spitzeln hervor. Plötzlich brüllt er: »Sabine!«

Erschrocken kommt seine Frau die Treppe heraufgerannt. »Was ist?«

»Hast du einen Liebhaber?«

»Wie bitte?«

»Wer hat die Tulpen hinterm Haus gesetzt?«

»Ulla Lampert, im vergangenen Herbst. Was stellst du für idiotische Fragen?«

Völxen weist stumm nach unten. Beide starren ins Beet, wo die knospenden Tulpen ein Muster bilden. Nein, es sind Buchstaben: *Paul.*

»Das ist Ullas Ex-Schwiegersohn«, fällt Sabine ein. »Aber wieso ...?«

Völxen grinst und sagt: »Mein Schatz, wie wär's, wenn wir Ostern auf die Orkneys fahren würden? Meer, Wind und Schafe ... Und ich könnte dort eine Zeugenaussage aufnehmen.«

Weißlacker-Junkie

Schon zum dritten Mal schlich der Lochbihler Franz am Käsestand vorbei. Es ging auf ein Uhr zu, und die Händler waren dabei, ihre Waren zusammenzupacken. In Kürze würde der Kemptener Wochenmarkt an der Lorenzkirche schließen.

Dem Lochbihler lief das Wasser im Mund zusammen. Der Geruch seines Lieblingskäses verfolgte ihn bis zum Wurststand am anderen Ende des Platzes, wo immer noch dichtes Gedränge herrschte. Weißwürste sollten das Zwölf-Uhr-Läuten eigentlich nicht hören, aber hier kümmerte man sich nicht darum und ließ sie sich schmecken, genauso wie die Wiener und die Polnischen mit Brezen und Semmeln.

Den Lochbihler ließen die heißen Würste kalt. Er kehrte um, pirschte sich wieder an den Käsestand heran und beobachtete verstohlen, wie nacheinander der Camembert, der Bergkäse, der Emmentaler und der Romadur weggeräumt wurden. Aber der Weißlacker lag noch da! Fünf Exemplare, sauber verpackt in Silberfolie. Eine knappe Wochenration. Vielleicht würde er sie so kurz vor Schluss etwas günstiger bekommen? Nein! Diesmal musste er der Versuchung widerstehen! So konnte es einfach nicht weitergehen. *Und wenn ich nur einen einzigen …?*

Die junge Frau hinter der Käsetheke lächelte ihm aufmunternd zu. Erschrocken wandte sich der Lochbihler ab. Hatte die Lisa ihn womöglich erkannt? Obwohl er seit *dem Vorfall* drei Wochen lang nicht mehr hier gewesen war? Seinen Käse hatte er in der Zwischenzeit bei Feneberg gekauft, obwohl er dort nicht so gut war wie beim Rossegger auf dem Markt. Aber wahrscheinlich bildete er sich das nur ein, und der Käse stammte am Ende doch vom gleichen Lieferanten. Der Weißlacker sei nämlich vom Aussterben bedroht, hatte neulich in der Allgäuer Zeitung gestanden, und einzig in Sonthofen gebe es noch eine Käserei, in der er hergestellt würde.

Nur ungern erinnerte sich der Lochbihler Franz an *den Vorfall*. Ganz die Vorfreude hatte er an der Käsetheke nach Weißlacker angestanden, und je näher er seinem Ziel gekommen war, desto aufgeregter war er gewesen. Und dann war es passiert. Die Kundin vor ihm hatte ihm die letzte Packung vor der Nase weggekauft. Fast ausgerastet ist er da. Am liebsten hätte er die blöde Kuh umgebracht, und nur mit Mühe hatte er sich beherrschen können. Die Lisa muss ihm seine Gefühle angesehen haben. »Nur keine Panik, der Herr, es ist noch eine ganze Ladung da«, hatte sie gesagt und einen frischen Karton mit zwölf Weißlacker-Packungen unter dem Tresen hervorgezaubert. Da war eine derartige Gier über ihn gekommen, dass er gleich acht Stück auf einmal gekauft hat. Wenn er daran dachte, könnte er heute noch vor Scham in den Boden versinken. Bloßgestellt hatte er sich, sein Innerstes in aller Öffentlichkeit nach außen gekehrt. Ein Albtraum. Wahrscheinlich hat die Lisa ihrem Chef hinterher erzählt: »Du, da war heut einer am Stand, der hat fast eine ganze Kiste Weißlacker gekauft. Das muss ja stinken bei dem daheim ...«

An so einen Kunden erinnerte man sich natürlich. Der Lochbihler Franz wollte aber nicht, dass man ihn erkannte. Er war ein introvertierter Mensch, und was er fühlte und dachte, ging keinen etwas an. Als der Inhaber des Käsestands, der Rossegger Hans, letzten Herbst angefangen hatte, ihn wie einen alten Bekannten zu begrüßen, da war er fast ein halbes Jahr lang nicht mehr hingegangen. Erst im Frühjahr wieder. Vorsichtig, wie ein Ganove, der das Terrain sondiert, hatte er sich dem Käsewagen genähert. Und dann war da diese neue Verkäuferin gewesen. Was für ein Glücksfall! Lisa, so stand es auf ihrem Namensschild, war freundlich, aber angenehm distanziert. Keine Fragen, kein unerwünschter Smalltalk, herrlich. Den ganzen Sommer über hatte er entspannt einkaufen können. Bis ...

Jetzt hielt ihn die Lisa sicher auch für einen Weißlacker-Junkie. Ja, so hatte ihn neulich sein Arbeitskollege, der Ransmeier Walter, genannt. Der Ransmeier hatte dabei gelacht, aber der Lochbihler war zusammengezuckt und bleich geworden wie ... ein Weißlacker. Ja, sehr witzig, der Vergleich!

Von wegen Sucht! Nach Alkohol, Drogen oder Nikotin konnte man süchtig sein, aber doch nicht nach Käse. Was ihn mit dem Weißlacker verband, war ... eine Leidenschaft. Ja, Leidenschaft, das hörte sich schon viel besser an. Das klang nach Genuss und Lebensfreude, nicht nach Zwang und Abhängigkeit.

Der Lochbihler Franz wusste sehr wohl, was eine Sucht war. Immerhin hatte er es geschafft, mit dem Rauchen aufzuhören, obwohl das wirklich hart gewesen war. Und nach der Scheidung von seiner Uschi, vor fünf Jahren, da hatte er eine Zeitlang zu viel getrunken. Aber auch das hatte er in den Griff bekommen. Ein, zwei Weizenbier am Abend, zum Weißlacker, mehr war heute nicht drin. Wenn's hochkam, noch einen Obstler zum Abschluss ...

Der Lochbihler Franz tauchte aus seinen Gedanken auf und beschloss, schnell noch eine Runde zu drehen, um etwas Obst zu kaufen. *Und wenn er dann immer noch daliegt, dann nehme ich ihn mit! Dann will es das Schicksal so.*

Am Obststand hatte sich eine Schlange gebildet. Während er wartete, schielte der Lochbihler immer wieder Richtung Käsestand. Ob der Weißlacker wohl schon weggeräumt war? Bestimmt. Die Lisa freute sich sicher schon auf ihren freien Samstagnachmittag. Das Wetter war ja herrlich, ein Altweibersommer, wie er schöner nicht sein könnte. Ideal für die morgige Bergtour mit der Monika, dachte der Lochbihler. Seine Monika …

»Hallooo! Was darf's bei Ihnen sein?«, rief die Frau vom Obststand ungeduldig, und die Alte, die hinter ihm stand, zupfte ihn am Ärmel und zischte: »Schlafen's doch daheim!«

Der Lochbihler kaufte ein Kilo Cox Orange und blaue Weintrauben, steckte hastig das Wechselgeld ein, stopfte seine Einkäufe in den Stoffbeutel und lief eiligen Schrittes zurück zum Käsestand.

Peng! Kaum stand er davor, hatte die Lisa die Verkaufstheke hochgeklappt. Aus, vorbei.

Umso besser, dachte der Lochbihler, das würde ihm sein Vorhaben nur erleichtern. Denn eines war klar: Wollte er die Monika nicht verlieren, musste er den Weißlacker aufgeben, und zwar ganz.

Frauen und Weißlacker, das ging auf die Dauer einfach nicht zusammen. Die Erfahrung hatte er schon bei der Arbeit gemacht. Früher hatten sie zu viert im Büro des Sachbereichs Körperschaftssteuer M–R gesessen, aber die beiden

Kolleginnen hatten so lange genörgelt und gehetzt, bis er und der Ransmeier Walter in ein kleineres Büro umgezogen waren. Sein Atem, seine Kleidung, ja sogar seine Akten – alles röche nach Weißlacker, hatten die Weibsbilder behauptet. »Der Mensch ist, was er isst«, pflegte die fette Ellhardter klugscheißerisch zu sagen. Ausgerechnet sie, die immer nach Schweiß und einem billigen Parfum stank.

Dabei brachte der Lochbihler den Weißlacker schon lang nicht mehr zur Brotzeit mit ins Amt. Er aß ihn nur bei sich zu Hause, am Abend. Und manchmal eine winzige Ecke zum Frühstück, aber nicht immer ... Außerdem hatte der Ransmeier gemeint, dass ihm das mit dem Gestank gar nicht auffallen würde. Aber Frauen hätten nun mal die feineren Nasen, davon könne er, der Ransmeier, auch ein Lied singen.

Im Privaten lief es beim Lochbihler Franz nicht anders. Nachdem ihn die Uschi verlassen hatte, hatte er versucht, eine Frau übers Internet kennenzulernen. *Finanzbeamter, um die fünfzig, recht gut aussehend, einigermaßen schlank, fast volles Haar mit apart ergrauten Schläfen, Eigentumswohnung mit Blick auf den Aggenstein.* Damit ist er ganz gut angekommen, aber keine Frau hatte ihn nach dem ersten Rendezvous wiedersehen wollen. Alle hatten sie gemeint, »die Chemie« stimme nicht.

Doch jetzt gab es die Monika. Er hatte sie über eine Anzeige in der Allgäuer Zeitung kennengelernt. Vor dem ersten Treffen mit ihr hatte er sich den Nachmittag frei genommen, war ins Fitnessstudio gegangen und hatte dort vier extralange Saunagänge absolviert. Nach jedem Gang hatte er seine Haut mit Speickseife und einem Rubbelschwamm malträtiert, bis er rot gewesen war wie eine englische Telefonzelle. Kurz bevor er zum Treffpunkt im Biergarten der Brauereigaststätte *Stift* aufgebrochen war, hatte er eine ganze Flasche Odol vergurgelt, dass ihm der Rachen gebrannt hat wie Feuer. Immerhin, die Mühe hatte sich gelohnt. *Fröhliche, kernige Mittvierzigerin, naturverbunden, brünett* hatte in ihrer Anzeige gestanden, aber die Monika war noch dazu attraktiv und konnte ein Dirndl wirklich gut ausfüllen.

Auch sie wollte ihn gern wiedersehen. Das hatte sie ihm zum Abschied am späten Abend gesagt, dabei verschmitzt gelächelt und ihn auf die Wange geküsst. Die Chemie schien also zu stimmen. Der Lochbihler Franz hatte sich danach so beschwingt und fröhlich auf den Heimweg gemacht wie schon lange nicht mehr ... war die Treppe zu seiner Dachgeschosswohnung hinaufgerannt ... hatte die Tür aufgerissen ... und sich auf den Kühlschrank gestürzt.

Nein, er wollte es mit der Monika nicht vermasseln. Mit dem Weißlacker war ab sofort Schluss. Das dachte er in dem Moment, als die Lisa den Motor anließ und mit dem Käsewagen vom Marktplatz fuhr. Er blickte ihm so lange nach, bis er den Schriftzug, der sich über das Heck des Transporters zog, nicht mehr erkennen konnte. *Rossegger Hans, Betzigau – feinster Käse aus dem Allgäu.*

Wieder zu Hause, tigerte der Lochbihler Franz rastlos durch seine Wohnung. Alle paar Minuten spähte er in den Kühlschrank, der intensiv nach Weißlacker roch, obwohl gar keiner drinlag. Er bewahrte den Käse zwar stets in einer Tupperdose auf, aber der durchdringende Geruch hatte sich längst überall festgesetzt. Um nicht vollends verrückt zu werden, räumte er den Kühlschrank aus, wischte ihn mit Essigwasser aus und trug die Tupperdose zu Grabe. *Nie mehr! Denk an die Monika,* sagte sich der Lochbihler, als er den Deckel der Mülltonne zuknallte.

Der Rossegger Hans war ein ruhiger Mensch, vom dem manche sagten, dass er zum Lachen in den Keller ginge. Aus dem kam er gerade heraus, als die Lisa den Käsewagen auf seinem Hof abstellte. Der Rossegger lachte zwar nicht, sah aber doch sehr zufrieden aus. Weil es draußen sehr warm war, entluden sie als Erstes zusammen das Marktfahrzeug und brachten die Ware in den Kühlraum. Dann war die Abrechnung dran, und die Lisa bekam ihren Lohn ausbezahlt. Bevor sie sich auf ihr Fahrrad schwingen konnte, winkte der Rossegger sie herein in die Küche seines alten Bauernhauses, was ungewöhnlich war. Auf dem Esstisch vor der Eckbank stand ein Teller. Darauf lag ein großes Stück Weißlacker, daneben eine Scheibe Brot. Der Rossegger stach ein Stück von dem Käse ab, bestrich das Brot damit, teilte es und reichte der Lisa eine Hälfte. »Probier.«

»Ich mag diesen Stinkerkäs jetzt nicht essen«, sagte sie wiederstrebend. »Es ist Samstag, und ich will heut noch unters Volk.«

»Riech doch mal dran«, sagte der Rossegger.

Die Lisa schnüffelte. Schnüffelte noch einmal. »Ich riech nichts.«

»Du hast doch keinen Katarrh, oder?«

»Nein!« Wieder roch die Lisa an dem Käsebrot. »Riecht fast wie Quark.« Sie nahm einen Bissen und blickte den Rossegger erstaunt an. »Das ist ja wirklich ein Weißlacker! Und noch dazu ein richtig *räser*!«

»Aber riechst tust du nichts?«

»Nein.«

Jetzt probierte auch der Rossegger von dem Brot. Sein Unterkiefer mahlte langsam und bedächtig, wie bei einem wiederkäuenden Rind. Als er fertig war, ging er auf die Lisa zu und hauchte ihr ins Gesicht. »Riechst du was?«

Sie schüttelte den Kopf. Dann begann sie übers ganze Gesicht zu strahlen. »Das ist ja voll cool! Ein Weißlacker, der nicht stinkt! Geil«, jubelte sie und hüpfte aufgeregt in der Küche umher.

Der Rossegger zeigte seine Freude, indem er eine Flasche Enzian und zwei Gläser aus dem Küchenschrank holte. »Ein Jahr lang hab ich rumprobiert und am Ende selber nicht mehr geglaubt, dass das noch hinhaut. Prost.«

Die Lisa schüttelte sich nach dem scharfen Zeug. »Wieso schmeckt der Weißlacker so *räs* und riecht dabei kein bisschen? Wie hast du das hingekriegt?«

»Betriebsgeheimnis«, meinte der Rossegger und schenkte sich noch einen Schnaps ein.

»Was hast du denn jetzt damit vor?«, wollte die Lisa wissen.

»Ich werde noch mehr davon machen und dann werden wir ihn auf den Wochenmärkten verkaufen«, sagte er. »Das wird der Renner.«

»Und weiter nichts?«, fragte die Lisa entgeistert.

»Wieso, was meinst du?«

»Mensch, Hans! *Der geruchlose Weißlacker*, das ist doch eine Sensation! Wenn du die Lizenz verkaufst, dann kannst du richtig absahnen.«

»Ich kann ja mal denen in Sonthofen schreiben.«

»Denen in Sonthofen? Bist du verrückt? Du wendest dich gleich an die großen Lebensmittelkonzerne: Nestlé, Oetker,

Müller Milch und wie sie alle heißen. Dort sitzt die dicke Kohle!«

»Schau mer amol«, murmelte der Rossegger Hans.

»Als Erstes musst du das Verfahren zum Patent anmelden, damit dir keiner zuvorkommt«, sagte die Lisa.

»Ja, ja, das mach ich schon noch. Die Unterlagen hab ich schon beisammen«, brummte er. »Noch einen Schnaps?«

»Nein, ich muss los! Darf ich der Mutter so einen mitbringen? Jessesmaria, die wird schauen. Seit Jahr und Tag regt sie sich auf, dass der Käs vom Vatter den ganzen Kühlschrank vollstinkt ...«

Mit einem Stück vom geruchlosen Weißlacker im Rucksack radelte die Lisa vom Hof. Ihre Worte gingen dem Rossegger Hans im Kopf herum wie ein Brummkreisel. Nicht, dass er nicht auch schon an so etwas gedacht hätte. Ans große Geld. Auf jeden Fall musste er sein Geheimnis gut hüten. Fast bereute er es, seiner Aushilfe davon erzählt zu haben. Junge Frauen wie die Lisa waren doch von Natur aus geschwätzig. Bestimmt wusste es in einer Stunde das ganze Dorf. Und was, wenn das Probestück, das er ihr mitgegeben hatte, gar nicht in den heimischen Kühlschrank, sondern in ein Hightech-Labor wanderte? Noch im selben Moment schämte er sich für sein Misstrauen. Nein, die Lisa war ehrlich, das hatte sie oft genug bewiesen. Trotzdem, hier ging es nicht um fünfzig Euro, sondern ums große Geld. Der Gedanke ließ ihm keine Ruhe. Das große Geld ... Es war noch nicht einmal da, schon hatte man Probleme damit.

Am Abend, gegen zehn Uhr – bis dahin hatte der Lochbihler seine Weißlacker-Abstinenz ganz gut verkraftet –, klingelte das Telefon. Die Monika. Es täte ihr furchtbar leid, aber sie müsse die Bergtour für morgen leider absagen. Ihre Mutter habe einen Schlaganfall gehabt oder so etwas Ähnliches, jedenfalls sei sie vorhin ins Krankenhaus gebracht worden ...

Die Monika klang wirklich sehr aufgeregt, und natürlich hatte der Lochbihler vollstes Verständnis für die Situation. Vielleicht würde es ja am nächsten Wochenende klappen, hatte die Monika gemeint.

Kruzitürken, hätte ich doch bloß einen gekauft, war sein erster Gedanke, nachdem die Monika aufgelegt hatte. Überhaupt, hätte sie nicht früher Bescheid sagen können? Jetzt haben die Geschäfte alle zu, und morgen ist Sonntag!

Bald konnte er an nichts anderes mehr denken als an den entgangenen Weißlacker. Nach zwei Stunden hatte er sich in eine Mordswut hineingesteigert. Kranke Mutter. Von wegen! Bestimmt war das gelogen. Und welche Ausrede würde er nächstes Wochenende zu hören bekommen? Der Dackel krank, ein Rohrbruch im Haus? Mach dir nichts vor, Lochbihler! Die Chemie stimmt mal wieder nicht.

Für so ein verlogenes Luder hatte er seinen Weißlacker aufgeben wollen. Der Teufel muss ihn geritten haben! Was war die Gesellschaft der Monika schon im Vergleich zu dem Moment, wenn ein frisch ausgepackter Weißlacker ihn anlachte und seinen unwiderstehlichen Duft für ihn verströmte. Und wenn der erste Bissen herb, oder *räs*, wie man im Allgäu sagte, seinen Gaumen kitzelte ... das war besser als jeder Sex, viel besser.

In seiner Verzweiflung öffnete der Lochbihler Franz den Kühlschrank, in dem es jetzt nach sauer angemachtem Weißlacker roch. Er hoffte, sein Verlangen würde dadurch ein wenig gestillt. Aber das Gegenteil war der Fall. *Rossegger Hans, Betzigau – feinster Käse aus dem Allgäu …*

Du bist ja vollkommen irre, sagte er zu sich, während er hastig das Telefonbuch aufschlug und nach der Adresse suchte.

Er erkannte den Käsewagen sofort. Obwohl das Hoflicht nur eine Funzel war, konnte er dank Vollmond und klarem Himmel recht gut sehen. Im Haus war alles dunkel. Kein Wunder, es war ja schon halb zwölf. Gut, dass er sein Auto unten an der Hauptstraße abgestellt hatte. Der Lärm hätte den ganzen Hof aufgeweckt.

Ob er den Rossegger Hans vielleicht doch aus dem Bett klingeln sollte? Blödsinn. Der war schließlich Käsehändler und kein Drogendealer, bei dem die Junkies mitten in der Nacht aufkreuzten, wenn sie einen Affen schoben.

Das alles ging dem Lochbihler durch den Kopf, während er sich umschaute. Da, der fensterlose Bau zu seiner Linken. Das musste das Käselager sein. Wahnsinn, nur eine Wand trennte ihn vom Objekt seiner Begierde. Irgendwie musste er dort hineingelangen … Nein, stehlen wollte er natürlich nicht, er würde Geld dalassen …

Eine Eisentür verwehrte ihm den Zutritt, doch neben der Tür befand sich ein Kellerschacht, und das Fenster dort unten stand auf Kipp. Vorsichtig lupfte er den Kellerrost an. Sehr gut. Er war schwer, aber zum Glück nicht gesichert. Bis zum Hals schlug ihm das Herz, als er das Teil hochhievte und gegen die Hauswand stellte. Wenn er jetzt erwischt würde, dann konnte er seine Stelle als Beamter und seine Pension vergessen. Aber nicht einmal das konnte ihn davon abhalten, in den Schacht hinabzusteigen.

Ruckzuck hatte er das Fenster geöffnet. Wie gut, dass er neulich an der Schulung *Das sichere Haus* teilgenommen hatte, da hatte die Polizei anschaulich demonstriert, wie so etwas ging.

Lautlos glitt der Lochbihler in den finsteren Raum. Hätte er bloß eine Taschenlampe mitgenommen. Zwar fiel das Mondlicht durch den Schacht, aber das reichte nicht aus, um sich zu orientieren. Er schnüffelte. Ja, es roch nach Käse und dazu ein bisschen säuerlich. Nur weiter, immer an der Wand entlang, dachte er. Irgendwann musste ja ein Lichtschalter kommen.

Der Lochbihler Franz stieß mit dem Fuß gegen etwas Blechernes, das mit lautem Geschepper umfiel. »Scheiße!«, fluchte er leise. Er blieb stehen und horchte. Nichts. Dann tastete er sich weiter durch die Dunkelheit.

Plötzlich ging das Licht an.

»Sauhund verreckter! Hob i di!«

Noch bevor er etwas erkennen konnte, fühlte sich der Lochbihler von kräftigen Pratzen am Hemdkragen gepackt und gegen die Wand gepresst. Das konnte nur der Rossegger Hans sein, dachte er.

»Wer hat dich geschickt?«, blaffte der Käsehändler.

»Niemand!«, sagte der Lochbihler wahrheitsgemäß.

»Sag's mir oder ich prügle es aus dir raus!«, schrie der Rossegger und drückte dem Lochbihler fast die Luft ab.

»Ich wollt doch bloß was vom Weißlacker. Ich bezahl ihn auch«, röchelte der Lochbihler.

»Ja, klar. Deswegen steigst du auch bei mir in den Keller ein. Das Rezept wolltest du mir klauen! Aber das kriegt ihr nicht. Das liegt auch nicht im Safe, das ist einzig und allein hier abgespeichert!« Schäumend vor Wut tippte der

Rossegger mit dem Zeigefinger gegen seine Stirn. »Sag mir, für wen du hier Industriespionage betreibst und woher du das mit dem Weißlacker überhaupt weißt, sonst ...«

Der Lochbihler brachte keinen Ton heraus. Ihm ging allmählich die Luft aus, und jetzt fing der Rossegger auch noch an, ihn wie einen Apfelbaum zu schütteln. Er sah nur noch eine Möglichkeit, sich zu wehren. Es war zwar nicht die feine englische Art, und einem französischen Nationalspieler hatte es seinerzeit einen Haufen Ärger eingebracht, aber der Lochbihler Franz konnte in der Wahl der Mittel jetzt nicht zimperlich sein.

Mit einem Kopfstoß drückte er dem Rossegger die Nase ein. Der jaulte vor Schmerz, ließ von seinem Opfer ab und taumelte zurück. Mit ungelenken Schritten versuchte der Rossegger dem riesigen Molkekessel in der Mitte des Raums auszuweichen, kam ins Trudeln und kippte vornüber in die trübe Lake.

Einem Reflex gehorchend versuchte der Lochbihler Franz, ihn herauszuziehen – vergeblich, der Kerl wog bestimmt an die hundert Kilo. Nach mehreren Versuchen kam dem Lochbihler seine Pension wieder in den Sinn. Wie würde er der Polizei die Situation jemals erklären können? Und an den Weißlacker dachte der Lochbihler natürlich auch, wegen dem war er schließlich gekommen!

Er ließ den im Kessel dümpelnden Rossegger zurück und lief schnurstracks die Treppe hinauf, die zum Käselager führte. Fiebrig vor Aufregung betrat er das Allerheiligste, raffte so viele Weißlacker-Packungen an sich, wie er nur tragen konnte, und machte sich aus dem Staub.

Den Rossegger Hans fand man erst drei Tage später. Da war sein Leichnam schon so von der Molke durchdrungen, dass er aussah wie ein Käse. Die Kripo hatte Schuh- und Fingerabdrücke sichergestellt und fahndete nach dem Einbrecher. Da der Lochbihler Franz als braver Finanzbeamter selbstverständlich nicht aktenkundig war, verliefen die Ermittlungen im Sande.

Aus diesem Grund muss die Welt – insbesondere die Damenwelt – auch weiterhin auf geruchlosen Weißlacker verzichten.

Hölle, Hölle, Hölle

»Frau Millerrr, wie gäht es uns denn haite?«

Martha schlug die Augen auf. An der linken Wand, die in einem schläfrigen Grün getüncht war, hing ein schlichtes Messingkreuz, rechts von ihr stand ein leeres Krankenhausbett und vor dem Fenster nahm sie den vagen Umriss eines Menschen wahr, eines Mannes, der Gestalt nach, der aber seltsam transparent war.

»Wo bin ich?«

Eine dralle Mittvierzigerin mit einem breiten Gesicht und Bäckchen so rot wie ein Nikolausapfel schob sich in Marthas Blickfeld.

»Frau Millerrr, Sie nix mehrrr auf Intensiv, hat man Sie auf Station verlägt. Ich bin Schwäster Bogdana.«

Marthas Oberarm wurde in die Manschette eines Blutdruckmessgeräts gequetscht, die Schwester Bogdana aufpumpte. »Ist sich Bluttdrruck wie Eidechse in Wintärrrschlaff«, konstatierte sie fröhlich. »Was sein mit Stuhlgang?«

Martha zog es vor, diese Frage zu ignorieren. Sie tastete nach ihrer Brust, während die Schwester den Beutel am Infusionsständer austauschte und dabei erklärte, dass Martha die Zufuhr des Schmerzmittels mit »kleine Rrrad« am unteren Ende des Schlauchs selbst regeln könne.

»Welchen Tag haben wir heute?«

»Ist sich heite Doonnerrrstag.«

Am Dienstagmorgen war ihr ein Bypass gelegt worden. Routine heutzutage. Für die Ärzte, nicht für Martha.

»Also nix Stuhlgang?«, insistierte Schwester Bogdana, schon im Gehen begriffen.

»Nein. Aber Schwester …«

»Ja?«

»Wer ist der Mann, der da am Fenster steht?«

»Welches Maann? Da nix Maann. Mechten noch Tää?«

Martha nickte. Die Unterhaltung hatte sie angestrengt, sie schloss die Augen und überlegte im Wegdämmern, dass es vermutlich das Schmerzmittel war, das Halluzinationen hervorrief. Ähnliches hatte sie erlebt, als sie in ihren wilden Jahren ein bisschen mit LSD und Pilzen herumexperimentiert hatte. Ich muss aufpassen, dachte sie, dass ich nicht als Morphiumsüchtige hier herauskomme.

»Na, Frau Müller, wie fühlen Sie sich?«

Die Patientin blickte ihn stumm an. Milchiggraue Augen in einem Kranz von Falten.

Martha Müller, geb. 28.2.1941, stand auf dem Krankenblatt, das Professor Dr. Andreas Frowein auf seinem Klemmbrett bei sich trug.

»Frau Müller? Geht es Ihnen gut?«

Die alte Dame nickte geistesabwesend, dann aber kam plötzlich Leben in ihr blasses Gesicht. »Ich habe eine Frage.«

»Nur zu, dazu bin ich ja da.«

»Ist bei der Operation alles gut gegangen?«

»Sicher doch, alles bestens.«

»Gab es irgendwelche Komplikationen? Kurzzeitig vielleicht?«

»Aber nein, es ist alles glatt verlaufen«, log der Professor und lächelte dabei sein vertrauenerweckendstes Chefarzt-Lächeln. Wozu um alles in der Welt sollte die Patientin erfahren, dass sie während der Operation einen Herzstillstand von fast einer Minute erlitten hatte und dem Tod quasi von der Schippe gesprungen war? Nein, derlei Vorkommnisse hielt man besser unter dem Deckel. Die Patienten neigten dazu, einen Riesenbohai um solche Lappalien zu machen und hinterher zogen sie einen für jedes Wehwehchen, für jede winzige Kalamität während der Genesungsphase zur Verantwortung.

»Wissen Sie, Herr Professor, ich hatte da nämlich so ein seltsames Erlebnis ...«

Oh je, dachte Frowein und schielte auf die Uhr. Um zwei Uhr war Abschlag, das konnte knapp werden.

Schon ging es los, die übliche Geschichte: der lange Tunnel mit dem gleißenden Licht am Ende, dann der Eintritt in diesen wunderbaren Feng-Shui-Garten, in dem es blühte und plätscherte und zwitscherte und wo einen die verstorbenen Lieben mit offenen Armen erwarteten ... *Ich möchte einmal einen erleben, der in der Hölle landet*, dachte Frowein.

»... und dann, plötzlich, verschwamm der Garten vor meinen Augen, und ich fühlte, wie ich wieder zurückkehrte ...«

»Wissen Sie, Frau Müller, solche Erfahrungen sind während einer Anästhesie nicht selten«, unterbrach der Professor den Sermon.

»Ja, aber da ist noch etwas, Herr Professor ...«

»Frau Müller, ich darf Ihnen versichern, dass das kein Grund ist, sich zu beunruhigen. Ihre OP verlief reibungslos, Sie werden wieder vollkommen gesund. Es tut mir leid, ich muss jetzt weiter, es warten noch eine Menge Patienten auf mich. Wir sehen uns morgen früh bei der Visite, einverstanden?«

»Frau Millerrr, aufwachen, haben Sie Besuch von Schwäster!«

Schwester Bogdana knallte eine Vase mit gelben Chrysanthemen auf Marthas Nachttisch. Auf dem Stuhl neben Marthas Bett saß Gertrud im schwarzen Kostüm für den Ernstfall, das Kreuz durchgedrückt, die altbackene Handtasche auf ihren Knien balancierend. Nun reckte sie ihren Schildkrötenhals über die Bettkante.

»Martha, wie geht es dir?«

»Gut«, versicherte Martha und schielte nach dem Fenster. Keine Spur von der Lichtgestalt.

»Wann darfst du nach Hause?«

»Da wir uns im Zeitalter der Fallpauschalen befinden, nehme ich an, sehr bald.« *Nach Hause*, dachte Martha. Hätte Gertrud doch bloß nicht davon angefangen. Martha lebte in Linden, dem Multi-Kulti-Viertel Hannovers, in dem die Gentrifizierung in letzter Zeit immer rascher voranschritt. Der leicht heruntergekommene Altbau, in dem sie als Übriggebliebene einer großen WG seit vierzig Jahren wohnte, wurde gerade luxussaniert. Martha war der festen Überzeugung, dass ihre plötzliche Herzschwäche nach zweiundsiebzig Jahren robuster Gesundheit mit ihrer misslichen Wohnsituation zu tun hatte. Sie wechselte das Thema. »Gertrud, ich habe etwas ganz Seltsames erlebt, als ich in Narkose war …« Als Martha an der Stelle angekommen war, an dem sich der Paradiesgarten mit all den Vögeln, den Schmetterlingen, den verstorbenen Haustieren und den herumhuschenden Engeln quasi vor ihren Augen wieder aufgelöst hatte, unterbrach Gertrud sie: »Das war eine Nahtoderfahrung!« Die goldenen Ohrgehänge an ihren langgezogenen Ohrläppchen zitterten erregt.

»Das war aber noch nicht alles«, sagte Martha. »Als es durch den hellen Tunnel wieder rückwärts gegangen ist … also, wie soll ich sagen … ich glaube, es ist jemand mitgekommen.«

»Mitgekommen?« Gertrud vergaß, ihren Mund zu schließen.

»Ja, von … da drüben.«

»Doch nicht etwa Großtante Hedwig!«

»Nein. Die ist bestimmt in der Hölle. Ich weiß nicht, wer es ist. Aber er steht seitdem hier im Zimmer herum, am Fenster.«

Erschrocken fuhr Gertrud herum.

»Er ist nicht immer da«, sagte Martha.

»Er?«

»Ja. Er ist weiß gekleidet und irgendwie durchsichtig und er strahlt ganz hell. Ich glaube, er ist ein Engel.«

Gertrud, die Hände um ihre Handtasche gekrallt, starrte sie entgeistert an. Martha konnte es ihr nicht verübeln, vermutlich hätte sie an Gertruds Stelle dasselbe getan. Beide waren seit Jahr und Tag weder besonders religiös noch dem Esoterischen zugeneigt. Damit hörten die Gemeinsamkeiten aber auch schon auf.

»Ich bin nicht verrückt«, sagte Martha.

»Ja, ja, gewiss«, sagte Gertrud.

Eine Pause entstand.

»Du solltest mit jemandem darüber reden.«

»Mit wem denn? Mit einem Priester?«

»Mit einem Arzt.«

»Hab ich schon versucht, aber der Professor hier ...«

»Nein, nein, mit einem Arzt, der von so etwas Ahnung hat«, sagte Gertrud.

»Von Engeln?«

»Nein, von solchen ... psychischen Sachen.«

»Du meinst einen Psychiater.«

»Ja, so etwas in der Art«, nickte Gertrud.

»Ich bin nicht verrückt«, wiederholte Martha.

Gertrud verabschiedete sich. Martha sank zurück in die Kissen. Die helle Gestalt stand jetzt wieder vor dem Fenster, von einem amethystblauen Licht umgeben. Jetzt war Martha, als würde sie etwas flüstern, aber die Worte waren nicht zu verstehen.

Adventszeit. Seit einer Woche war Martha wieder zu Hause. Das Treppenhaus war verstellt mit Säcken voller Putz und Zement, dazwischen lagen Eimer, Holzlatten, Leitern, Pakete mit Badezimmerfliesen, Bierflaschen, Pizzakartons und Handwerkszeug. Bis in den dritten Stock hinauf war es der reinste Hindernislauf. Das ging schon seit dem Sommer so. Marthas regelmäßige Beschwerden bei Prigge, dem Hausverwalter, waren allesamt vergeblich gewesen. Neu war das Gerüst auf der Vorderseite des Hauses. Immer wieder erschrak Martha, wenn Handwerker vor den beiden Fenstern ihres Wohnzimmers vorbeigingen und zu ihr hineingafften. Zudem hatten die Arbeiter das Gerüst mit Planen verhängt, und da es nun ohnehin schon dunkel im Zimmer war, schloss Martha auch tagsüber die Vorhänge, um sich vor den Blicken der Arbeiter zu schützen. Sie hätte sich in die Küche setzen können, denn zum Hof hin stand kein Gerüst, aber dort war es kalt. Immer wieder fielen Strom und Gas aus oder sie stellten ihr das Wasser ab. Martha hatte sich einen Campingkocher besorgt, sie achtete darauf, immer einen ausreichenden Vorrat an Kerzen im Haus zu haben, und ein paar volle Wassereimer. Die Zentralheizung funktionierte schon seit Monaten nicht mehr, doch zum Glück gab es im Wohnzimmer den großen Kachelofen. Das Hinaufschleppen der Kohlen vom Keller in den dritten Stock war zwar mühsam, zumal in ihrem Zustand, aber wenn dann der Ofen schön warm strahlte, dann dachte Martha jedes Mal trotzig: *Prigge, du kannst mich mal! Du kriegst mich nicht klein.*

Der Engel saß nun meistens in dem Rattansessel, in dem früher immer ihr Kater Leo geschlafen hatte. Manchmal schwebte er auch als heller Lichtfleck über der Biedermeieranrichte oder im Schlafzimmer zwischen dem Art-Deco-Vertiko aus Nussbaumholz und dem Empirebett. Auch wenn Martha ausging, zum Arzt oder zum Einkaufen, hatte sie stets das Gefühl, dass der Engel bei ihr war, obwohl sie ihn draußen noch nie gesehen hatte. Sie erahnte seine Anwesenheit jedoch an einem warmen, sanften Druck, den sie auf ihrem Rücken spürte, genau zwischen den Schulterblättern, so ähnlich wie ein ABC-Pflaster. Anfangs hatte sie sich ein bisschen gefürchtet und natürlich war da immer noch der beunruhigende Gedanke, dass sie womöglich einen an der Waffel hatte. Einen Psychiater wollte sie jedoch nicht aufsuchen, von Ärzten hatte sie nach ihrem Krankenhausaufenthalt erst einmal genug. Außerdem lebte es sich ganz gut mit dem Engel, denn er war vollkommen anspruchslos. Sie hatte sich angewöhnt, sich mit ihm zu unterhalten. »Es tut mir leid, wie es hier momentan zugeht«, entschuldigte sie sich. »Sie sind sicher Besseres gewohnt, so wie es bei euch da drüben ausgesehen hat. All diese hübschen Springbrunnen ...«

Sie hatte lange darüber nachgedacht, ob man einen Engel duzte oder siezte und sich für Letzteres entschlossen. Höflichkeit war nie verkehrt. Bis jetzt hatte er jedoch noch nicht geantwortet, wenn man das gelegentliche leise, unverständliche Flüstern einmal außer Acht ließ. Vielleicht musste sich der Engel erst an sie gewöhnen, so wie sie sich an ihn hatte gewöhnen müssen.

»Bis zum Herbst haben noch die Türken im Erdgeschoss gewohnt und neben mir der alte Schuhmacher. Aber den haben sie vergrault, der ist jetzt in einer Siedlung für betreutes Wohnen in Bothfeld. Die Türken hat der Prigge vermutlich rausgekauft«, erzählte sie ihm eines abends. »Hat er mit mir ja auch versucht, mit Engelszungen – Verzeihung – hat er auf mich eingeredet. Aber ich bin nicht käuflich. Wissen Sie, Herr Engel, seit vierzig Jahren wohne ich nun schon hier, eine so große Wohnung zu so einem Preis finde ich in Linden nicht mehr, und ich will nicht weg aus Linden, das kommt nicht in Frage. Ich wüsste ja gar nicht, wo ich meine ganzen schönen Möbel lassen sollte. Das sind alles kostbare Stücke. Ich habe bis vor drei Jahren in einem Antiquitätengeschäft gearbeitet«, erklärte Martha. »Aber nun bin ich langsam selber eine.« Sie lächelte kokett und zupfte an einer ihrer langen grauen Locken. »Seit klar ist, dass ich nicht nachgeben werde, versuchen sie es mit ihren Terrormethoden – der Prigge und seine bezahlten Schergen. Sein Vorarbeiter, dieser Polanski, hat vermutlich meinen Kater Leo verschwinden lassen, um mich mürbe zu machen. Aber das war ein Fehler. Jetzt gehe ich erst recht nicht. Jetzt müssen sie schon mir persönlich ans Leder. Wahrscheinlich haben sie gehofft, dass ich nicht mehr aus dem Krankenhaus zurückkomme. Zum Teufel mit diesen … oh, entschuldigen Sie bitte!«

»Keine Ursache«, sagte der Engel.

Martha konnte ihn jetzt plötzlich besser sehen. Er trug einen elfenbeinfarbenen Anzug, der seidig glänzte, und sein Gesicht erinnerte sie an das von Cäsar auf alten römischen Münzen. Wäre er ein Mensch, hätte sie ihn auf Mitte vierzig geschätzt. Ein bildschöner Mann war er allemal, ob Engel oder nicht. Nach Flügeln auf seinem Rücken hielt Martha allerdings vergeblich Ausschau.

Er sagte, sein Name sei Nathanael.

»Und was machen Sie hier auf Erden, Herr Nathanael, wenn ich fragen darf?«

Der Engel seufzte tief. »Wissen Sie, Martha, seit über dreitausend Jahren bin ich nun schon an dem Ort, den Sie gesehen haben, zwischen all meinen Kollegen und den guten Menschen. Manchmal würde ich am liebsten vor Langeweile sterben, wenn ich denn sterblich wäre.«

»Ich verstehe«, sagte Martha. »Aber dass Sie ausgerechnet zu mir kommen. Ich meine, ich freue mich sehr darüber und fühle mich geehrt, Herr Nathanael, aber bei mir ist ja nun auch nicht gerade die Hölle los.«

»Apropos Hölle«, sagte der Engel. »Warum lassen Sie sich das bieten, was diese Kerle hier treiben?«

»Ich habe doch schon die Miete gekürzt.«

»Miete gekürzt, Miete gekürzt! Dieser feiste Kerl mit den ekligen Haaren unter der Nase hat Ihre Katze ermordet.«

»Aber was soll ich denn machen?«

»Auge um Auge, Zahn um Zahn«, sagte Nathanael und seufzte erneut: »Ach, das waren schöne Zeiten, als noch das alte Testament galt. Ehe dieser Gutmensch aus Nazareth kam und uns den ganzen Spaß verdorben hat. Und ich musste auch noch vor einem Haufen zerlumpter Schafhirten seine Geburt verkünden.« Nathanael schüttelte sein edles Haupt, dann richteten sich seine himmelblauen Augen auf Martha: »Stoßen Sie diesen Kerl doch bei nächster Gelegenheit vom Gerüst!«

»Ein Mord? Nein, das könnte ich nicht«, sagte Martha mit fester Stimme und der ebenso festen Überzeugung, dass der Engel sie nur auf die Probe stellen wollte.

»Hm«, machte Nathanael und hing für den Rest des Abends als schweigsame helle Wolke über dem Fernseher.

Ab und zu war der Engel für Stunden oder auch ganze Tage nicht zu sehen. Martha fragte ihn einmal, nach seiner Rückkehr, wo er denn gewesen sei. Er meinte, er würde sich ein wenig umsehen.

Inzwischen ging es stramm auf Weihnachten zu. Gertrud rief an. »Du solltest Weihnachten bei uns verbringen, nicht in deiner Bruchbude.«

»Das ist sehr nett von euch, aber ich möchte lieber hierbleiben«, lehnte Martha ab. Sie mochte ihren Schwager nicht besonders, und wenn sie ganz ehrlich war, ihre ältere Schwester auch nicht.

»Aber du kannst doch an Weihnachten nicht ganz alleine sein«, protestierte Gertrud. »Dann komm doch wenigstens an Heiligabend.«

»Nein, danke. Wir ... ich bleibe hier.«

»Überleg dir das lieber noch einmal«, sagte Gertrud mit Grabesstimme und Martha legte auf.

Eines der letzten Tabus, dachte sie. Sie verzeihen einem heutzutage so manche Marotte, aber möchte man den Heiligen Abend alleine verbringen, gilt man als asozial, suizidgefährdet und als Fall für die Psychiatrie. Dabei machte es Martha wirklich nichts aus. Sie war das Alleinsein gewohnt und schätzte es inzwischen sogar.

Aber sie war ja gar nicht allein. Der Heilige Abend mit Nathanael verlief harmonisch. Entgegen seiner sonstigen Gewohnheit aß der Engel zusammen mit Martha Rehrücken und zum Nachtisch Mousse au Chocolat. Dazu tranken sie zwei Flaschen Burgunder und schauten sich später *Das Leben des Brian* auf DVD an. Der Engel lachte Tränen dabei. Ein bisschen wehmütig dachte Martha an die Heiligabende der letzten zwölf Jahre, die sie auf ähnliche Weise mit ihrer Freundin Doro verbracht hatte. Doro war im Frühling an Krebs gestorben. Martha erkundigte sich bei Nathanael nach ihr, aber er konnte ihr keine Auskunft geben.

»Heißt das, sie ist ... Sie wissen schon?«

»Ja, vielleicht hat sie Glück gehabt«, sagte der Engel.

»Wie meinen Sie das?«

»Martha, wenn ich Sie wäre, würde ich alles daran setzen, lieber *nicht* ins Paradies zu kommen. Aber bis jetzt waren Sie dazu viel zu brav.«

»Ich, zu brav? Ich war schon seit Jahren in keiner Kirche mehr und in den Siebzigern ...«

»Ach, das bisschen Sex and Drugs and Rock 'n' Roll, wen interessiert denn das? Haben Sie mal die Bibel gelesen, wie es da drunter und drüber geht?«

Martha sah ihn erstaunt an.

»Was ist Ihre Lieblingsspeise?«, fragte Nathanael.

»Ich glaube, es ist ein Kuchen: Himbeerbaiser.«

»Das Paradies ist wie jeden Tag Himbeerbaiser.«

»Ich weiß, was Sie meinen«, sagte Martha. »Und die Hölle?«

»Sie dürfen sich die andere Seite nicht so vorstellen wie auf den Bildern des Mittelalters.«

»Aber wie dann?«, fragte Martha.

»Wie die Limmerstraße Freitagnacht um zwölf«, sagte der Engel und lächelte.

Am Vormittag des ersten Weihnachtsfeiertages kam plötzlich kein Wasser mehr aus dem Hahn. Martha machte sich Sorgen, ob die sechs vollen Reserveeimer bis über die Feiertage reichen würden. Wer weiß, am Ende ließ sich bis zum 2. Januar keiner von den Arbeitern mehr im Haus blicken. Erbost ging sie hinaus ins Treppenhaus und stakste durch das Gerümpel bis nach unten. Sie hatte Glück, Polanski war noch da. Er stand auf einer Leiter und schraubte an der Deckenlampe herum, die am Abgang zur Kellertreppe angebracht war.

»Ich möchte, dass Sie sofort wieder das Wasser anstellen«, sagte Martha.

»Nix verstehen«, sagte der Vorarbeiter.

»Ich weiß genau, dass Sie gut Deutsch können, ich habe Sie oft genug mit Herrn Prigge reden hören«, sagte Martha und wiederholte ihre Forderung.

Polanski grinste breit unter seinem Schnäuzer hervor und sagte mit süßlich verstellter Stimme: »Miez, miez, miez …«

Bis dahin hatte Martha nur den Verdacht gehabt, Polanski könnte etwas mit Leos Verschwinden zu tun haben, aber diese Lautäußerung eben wertete Martha als klares Geständnis. Augenblicklich wurde sie von einem heiligen Zorn übermannt. Gleichzeitig fühlte sie die Hand des Engels zwischen ihren Schulterblättern. Der Druck war fester als sonst und viel wärmer und sie hatte nur noch den einen alles beherrschenden Gedanken: Rache!

Sie nahm Anlauf und trat, im wahrsten Sinn des Wortes beflügelt von Nathanaels unsichtbarer Gegenwart, gegen die Leiter. Das Holzgestell geriet ins Schwanken, Polanski verlor den Halt und stürzte mit einem Schrei die steile Kellertreppe hinab. Sie hörte seinen massigen Körper aufklatschen, dann war es ruhig. Sehr ruhig. Martha stieg zögernd zu ihm hinunter. Er lag auf dem Rücken, leblos, sein Kopf war unnatürlich verdreht. Genick gebrochen, diagnostizierte Martha. Entsetzt über ihre Tat lief sie die Kellertreppe hinauf, stolperte durchs vermüllte Treppenhaus nach oben und in ihre Wohnung, wo sie atemlos auf ihr Kanapee sank.

»Jetzt haben Sie mich doch so weit gebracht!«, keuchte sie anklagend, aber ihre Worte verhallten ungehört. Der Engel war nicht da.

»Ach ja! Erst Unheil anzetteln, dann verschwinden«, schimpfte Martha. Dann saß sie in ihrem dämmrigen Wohnzimmer und wartete. Immer wieder blickte sie hinüber zu Leos Rattansessel. Sie wollte so gern mit Nathanael über ihre Tat reden, nie hätte sie ihn dringender gebraucht als jetzt. Aber der Engel ließ sich nicht blicken. Martha ging schließlich zu Bett, verbrachte dort eine schlaflose Nacht, und als Nathanael am Nachmittag des zweiten Weihnachtsfeiertages immer noch nicht aufgetaucht war, griff sie resigniert zum Hörer und telefonierte mit der Polizei. Wenig später wimmelte es im Haus von Beamten. Martha gab ihre Tat unumwunden zu. Ein Streifenwagen brachte sie aufs Polizeirevier, sie wurde verhört, man nahm ihre Fingerabdrücke und machte Fotos von ihr, dann wurde sie noch einmal verhört, sie unterschrieb ihr Geständnis und man brachte sie in eine Zelle.

Auf der schmalen, harten Pritsche liegend hoffte Martha insgeheim, Nathanael würde sich noch einmal sehen lassen. Aber nichts dergleichen geschah. Dafür kam am nächsten Tag der Kommissar, der sie vernommen hatte, und meinte, sie könne nach Hause gehen, aber er würde ihr dringend empfehlen, einen Therapeuten aufzusuchen.

»Aber ich war es doch. Ich habe diesen Mann umgebracht«, sagte Martha.

»Gute Frau«, sagte der Kommissar. »Wir haben die protokollierten und unterschriebenen Aussagen Ihrer Schwester und Ihres Schwagers. Sie waren von Heiligabend bis zum Mittag des 26. ununterbrochen bei Ihren Verwandten in Neustadt am Rübenberge. Wie können Sie da am 25. Herrn Polanski die Kellertreppe hinuntergestoßen haben?«

Zu Hause wartete Nathanael schon auf sie.

»Wie haben Sie das gemacht?«, fragte ihn Martha. »Dass Gertrud die Polizei anlügt, und sogar mein überkorrekter Schwager?«

Nathanael lächelte. »Wissen Sie, Martha, ich habe viele Gesichter. Ich kann auch andere Gestalten annehmen als diese angenehme, in der ich Ihnen erscheine. Ganz andere! Das, was Ihre Schwester und Ihr Gatte gestern Nacht von mir zu sehen bekommen haben, glauben Sie mir, Martha, diese Erfahrung wollen Sie wirklich nicht machen.«

Martha gab sich damit zufrieden. Ihr schlechtes Gewissen, was ihren »Totschlag im Affekt« an Polanski anging, hatte sich inzwischen gelegt. Der Mann war ein Rohling und hatte ein unschuldiges Haustier getötet, er verdiente es nicht anders. Auge um Auge. *Andererseits – was nützt mir Polanskis Tod?*, fragte sich Martha besorgt. *Der Prigge wird sich einen anderen Mann fürs Grobe suchen, um mich zu schikanieren. Selbst wenn ich auch noch den Prigge ins Jenseits befördere – es wird ein neuer Prigge kommen. Ich habe keine Chance, das ist nun mal der Lauf der Dinge. Vielleicht sollte ich mir doch einmal Altenheime genauer ansehen …*

Am nächsten Morgen war Nathanael verschwunden. Stattdessen stand gegen Mittag plötzlich der Hausverwalter, Herr Prigge, mit einem großen Strauß rosa Tulpen vor der Tür. Beinahe hätte Martha ihn gar nicht erkannt. Er war wachsbleich im Gesicht und sein ehemals dunkles Haar war auf einmal weiß wie Engelshaar. Dabei war der Mann erst Ende dreißig. Er sagte, er wolle sich für all das Ungemach der letzten Monate bei Martha entschuldigen, und bis zum Abschluss der Umbauarbeiten müsse sie natürlich keine Miete mehr bezahlen.

Der Umschlag, der am Tulpenstrauß angebracht war, enthielt einen Scheck über 2000 Euro. Binnen zwei Tagen war das Treppenhaus vom Gerümpel befreit, die Planen vor Marthas Wohnzimmerfenster verschwanden und die Zentralheizung wurde wieder in Gang gesetzt. Wann immer danach Wasser oder Strom kurzzeitig abgestellt werden mussten, kam ein Arbeiter und fragte, ob es für Martha zu dieser oder jener Zeit akzeptabel wäre, man würde sich ganz nach ihr richten.

Auf Herrn Prigges wundersame Verwandlung angesprochen meinte Nathanael nur, der Mann müsse aufpassen, sonst käme er trotz seiner Schandtaten der letzten Jahre am Ende doch noch ins Paradies.

Nathanael kam jetzt nur noch sporadisch vorbei. Er meinte, er habe etwas nachzuholen in Sachen Amüsement und Sünden. Dafür hatte Martha großes Verständnis. Aber er versprach, das nächste Weihnachtsfest auf jeden Fall bei Martha zu verbringen.

Martha holte sich einen neuen Kater aus dem Tierheim. Sie sollte noch fast zwanzig Jahre in dem Haus leben, ehe sie kurz nach ihrem einundneunzigsten Geburtstag friedlich verstarb. Wohin die Reise danach ging, ist nicht bekannt.

Amadeus' Unschuld

Als Bodo Völxen an diesem Morgen aufsteht, wie immer von Kreuzschmerzen früh aus dem Bett getrieben, hat er das Gefühl, dass etwas anders ist als sonst. Er kann die Veränderung, die er zu spüren glaubt, noch nicht genau benennen, aber etwas stimmt nicht. Immerhin ist er nicht zum Käfer mutiert, das stellt er nach einem Blick in den Badezimmerspiegel erleichtert fest. Beschattet von buschigen Brauen blicken ihm seine grauen Augen müde entgegen. Eine Rasur wäre mal wieder fällig. Völxen nimmt sich die Zeit und führt sie mit dem ererbten Rasiermesser seines Großvaters aus, eine Prozedur, die selten unblutig endet. Auch heute muss er zwei kleine Schnitte am Hals mit Klopapier verarzten. Auf keinen Fall, ermahnt er sich, darf er wieder vergessen, sie zu entfernen, ehe er zum Dienst fährt.

Er wirft einen Blick aus dem Fenster. Die milde Morgensonne des Spätsommertages vergoldet die bewaldeten Hänge des Deisters, über den Feldern liegt silbrig der Morgennebel, Millionen von Spinnweben glitzern in den Furchen eines frisch gepflügten Ackers. Eine Krähe flattert krächzend über die Schafweide. Dieses vage Gefühl, dass etwas nicht stimmt, ist immer noch da.

Leise steigt er die Treppe hinab, denn Sabine schläft noch. Oscar erwartet ihn schwanzwedelnd in der Küche und Völxen stellt den Terrier mit einem Stück Käse ruhig. Dann nimmt er aus dem Brotkasten ein paar Scheiben Zwieback und steckt sie in die Tasche seines alten gestreiften Bademantels. In Gummistiefeln schlurft er durch das taunasse Gras zur Schafweide hinüber. Unterwegs erleichtert er sich hinter dem Holzschuppen, wobei er eine Stelle auswählt, an der Sabine ihn vom Schlafzimmerfenster aus nicht sehen kann. Seine Frau missbilligt dieses obskure kleine Vergnügen nämlich zutiefst. Der Terrier hingegen zeigt sich beeindruckt und hebt seinerseits das Bein.

Plötzlich weiß Völxen, was heute anders ist als sonst: Die Schafe blöken. Doris, Mathilde, Salomè und Angelina sowie der Schafbock Amadeus stehen um diese Zeit für gewöhnlich zu einem kleinen Knäuel zusammengedrängt unter dem Apfelbaum, und es dauert immer ein paar Minuten, ehe sie reagieren. Dann erst geben sie Laut und kommen an den Zaun, um den Zwieback in Empfang zu nehmen. »Schafe sind eben doof«, pflegt Völxens Tochter Wanda dazu zu sagen. »Schafe sind eben cool«, meint dagegen Völxen.

Hin und wieder geht es auch etwas schneller, und zwar dann, wenn Oscar den Hirtenhund gibt und ihnen kläffend auf die Sprünge hilft. Aber der Hund hat sich bis jetzt einwandfrei benommen. Warum also blöken die Schafe? Warum stehen sie nicht unter dem Apfelbaum, sondern in der Ecke, die an Köpckes Gemüsegarten grenzt? Und wo ist überhaupt der Bock?

Kaum hat Völxen den Gedanken zu Ende gedacht, rumpelt etwas hinter dem Schafstall. Der Terrier schlüpft unter dem Bretterzaun durch und wetzt mit glockenhellem Spurlaut los, dem Geräusch hinterher. Völxen überlegt für einen Sekundenbruchteil, ob er über den Zaun flanken soll. Aber etwas

Derartiges hat er das letzte Mal vor zwanzig Jahren gemacht, als er auch noch zwanzig Kilo weniger wog. Und im Bademantel gäbe er dabei wohl keine besonders gute Figur ab. Also rennt er bis zur Pforte, die irgendein Idiot, vermutlich er selbst, gar nicht richtig geschlossen, sondern nur angelehnt hat, und dann, so schnell die Gummistiefel tragen, über die Weide bis hinter den Schafstall, wo der Terrier wie verrückt bellt.

Zwar neigt der Hund zum Lärmen aus nichtigem Anlass, aber dieses Mal ist die Aufregung berechtigt. Vor der Stallwand, neben der umgestürzten Regentonne, liegt ein Mann mit grauen Haaren in einem langen, hellen ... ist das ein Nachthemd? Das Kleidungsstück ist nass und voller Schmutz. Auch Blutflecken sind dabei. Amadeus, der Schafbock, empfindet diesen Fremdkörper auf seiner Weide offenbar als extrem störend. Gerade nimmt er Anlauf, um den Leichnam – denn um einen solchen handelt es sich, daran hat Völxen gar keinen Zweifel – auf die Hörner zu nehmen. Der Terrier hingegen schwankt zwischen dem Bedürfnis, dem Schafbock in die Hacken zu zwicken und ihn im Kreis herumzujagen, wie sonst auch, und den Leichnam fachgerecht zu verbellen. Am Ende scheint er sich aber doch daran zu erinnern, dass er eigentlich ein Jagdhund ist. Während Oscar sich im Totverbellen übt, spurtet Völxen erneut los und holt aus dem Holzschuppen den Stock mit der Seilschlinge. Damit versucht er, den Schafbock einzufangen, ohne dabei selbst zu Schaden kommen. Es wäre nicht das erste Mal. Aber Völxen hat aus seinen schmerzhaften Erfahrungen gelernt und kennt mittlerweile das tückische Gemüt und die Tricks seines Haustiers. Den Bock zu jagen wäre sinnlos, der ist viel zu schnell, also läuft Völxen auf der Weide hin und her und fuchtelt mit seinem Lasso am

Stiel herum, um Amadeus zu provozieren und heranzulocken. Dass er dabei die Spurenlage am Leichenfundort nicht gerade verbessert, ist dem Hauptkommissar vollkommen klar, aber was soll er machen?

Angelockt vom Krawall erscheinen nun auf der anderen Seite der Weide Nachbar Köpcke, der Hühnerzüchter, in seiner berüchtigten blauen Latzhose, und dessen Gattin Hanne.

»Olé, Kommissar!«, feuert der Nachbar Völxen an, der gerade eine veritable Pirouette hingelegt hat, um dem heranrasenden Bock auszuweichen. Fernando Rodriguez, der Kollege in der Polizeidirektion Hannover, hätte seine helle Freude daran gehabt, und erst recht dessen Mutter Pedra, die furchtbar stolz darauf ist, die Tochter eines Stierkämpfers zu sein.

Inzwischen ist auch Sabine Völxen wach geworden und nähert sich dem Geschehen. »Bodo, verrenk dir nicht wieder das Kreuz«, ruft sie, ehe sie die Leiche entdeckt und erschrocken die Hände vors Gesicht schlägt.

Derweil geifert Hanne Köpcke, sie habe es ja schon immer gewusst, dass der Schafbock ein mörderisches Biest sei. In Wahrheit kann dieses nachtragende Frauenzimmer dem Tier nur nicht verzeihen, dass es ihr einst den Gemüsegarten zerlegt hat – aus rein kulinarischem Interesse, nicht aus Bosheit.

Endlich haben Völxens Bemühungen Erfolg. Das Seil verfängt sich im prächtigen schneckenförmigen Gehörn von Amadeus, was bei diesem prompt einen Fluchtreiz auslöst. Völxen stemmt sich mit der ganzen Kraft seiner neunzig Kilo (und ein paar Zerquetschten) dagegen. Doch die Wiese, nass vom Morgentau, bietet den Gummistiefeln wenig Halt, und so kann er nicht verhindern, dass er einige Meter rutschend auf seinen Boxershorts zurücklegt, die er zum Glück unter seinem Lieblingskleidungsstück trägt. Mit der Hilfe des Hühnerbarons schafft er es schließlich, sein Haustier zu bändigen und am Apfelbaum festzubinden. Sabine Völxen hat indessen den rasenden Terrier zu fassen bekommen und zerrt ihn ins Haus. »Bring mir mein Handy mit«, brüllt Völxen den beiden hinterher. Danach kehrt für einige Momente Stille ein. Sogar die Schafe haben aufgehört zu blöken.

Völxen bindet sich den Bademantel wieder ordentlich zu und ist im Begriff, sich den Toten genauer anzusehen. Da hört er Hanne Köpcke sagen: »Heiliger Bimbam, das ist ja der Arne Jacobsen. Unser alter Postbote! Und dieses elende Vieh hat ihn umgebracht!«

»Ich kenne ihn, wie man sich halt hier so kennt«, erklärt Völxen, der inzwischen sein Outfit gewechselt hat und mit seiner herbeigerufenen Kollegin, Hauptkommissarin Oda Kristensen, am Zaun der Schafweide steht. »Er wohnt am anderen Ende des Dorfes, ist seit langem pensioniert und singt im Männerchor.«

»Du etwa auch?« Odas Huskyaugen leuchten spöttisch auf.

»Gott bewahre!«

Völxen fragt sich, ob Arne Jacobsens Gesangskünste ein Mordmotiv darstellen könnten. Er kommt dabei zu einem positiven Ergebnis, das er aber lieber verschweigt. Es scheint ihm nicht der passende Augenblick für Scherze zu sein, auch wenn Oda Kristensen für ihren Humor bekannt ist, der so schwarz ist wie ihre Kleidung. Beide sehen gerade Dr. Bächle zu, wie er den Leichnam untersucht. Seine weiße Haarpracht, die ihm im Rechtsmedizinischen Institut der MHH Hannover den Spitznamen »Einstein« eingebracht hat, leuchtet vor dem satten Grün der Weide. Auch die Spurensicherung ist bereits vor Ort.

Amadeus, der mutmaßliche Täter, ist noch immer am Apfelbaum angebunden, den Kopf tief gesenkt scharrt er wütend mit den Hufen.

»Wir brauchen eine Probe von dem Blut an seinen Hörnern«, sagt Fiedler von der Spurensicherung.

»Nur zu«, sagt Völxen.

»Das mach lieber du, Völxen, du bist der Besitzer!«

»Und du bist die Spusi. Das ist dein Job«, entgegnet Völxen. »Am Ende gelte ich als befangen und der Beweis ist nicht gerichtsfest.«

»Dann muss ein Tierarzt her, der ihn betäubt«, meint Fiedler.

»Am besten schläfert der ihn gleich ein«, murmelt Sabine, woraufhin Völxen seine Gattin ungewohnt scharf ansieht.

»Wenigstens könnte er ihn kastrieren«, setzt sie trotzig nach.

»Ich dachte, mit dem Thema wärt ihr schon durch«, grinst Oda, während sie sich eine Zigarette dreht.

»Amadeus ist unschuldig!«, beharrt Völxen. »Das sagt mir mein Instinkt.«

Oda zündet die Zigarette an und bläst einen ovalen Rauchkringel in die Morgenluft, während Völxen grübelt: »Die Frage ist doch, was Jacobsen überhaupt auf meiner Weide zu suchen hatte. Respektive in meiner Regentonne.«

»Vielleicht hatte er Durst.« Die Bemerkung kommt von Fernando Rodriguez, der gerade zusammen mit Jule Wedekin am Tatort eingetroffen ist.

»Somit wäre die Soko Schafbock komplett«, begrüßt Oda die beiden.

Völxen hebt drohend die Brauen: »Ich warne euch: ein einziger Schafswitz …«

»… und es gibt was auf die Hörner, schon klar«, grinst Fernando.

Die Ader an Völxens Schläfe gewinnt an Umfang. »Das ist nicht witzig!«, brüllt er.

»Bodo, beruhige dich«, mahnt Sabine.

»Ja, scher dich einfach nicht drum«, rät Oda.

»Wir sollten uns lieber auf den Fall konzentrieren, anstatt uns gegenseitig in die Wolle zu kriegen«, sagt Jule.

Ehe Völxen explodieren kann, fragt Oda: »Hat dieser Jacobsen Angehörige?«

»Ja. Eine Frau«, weiß Völxen. »Und ich glaube, der Enkel lebt auch bei ihnen.«

»Dann fahr doch mal hin und überbringe denen die Nachricht persönlich, ehe sie es durch den Dorfklatsch erfahren«, schlägt Oda vor, und Fernando meint: »Du musst ja nicht gleich zugeben, dass es dein Schafbock war …«

»Des isch gar net so sicher«, meldet sich in diesem Moment Dr. Bächle zu Wort, der über die Weide auf die Ermittler zustolpert. »Grüß Gott, die Herrschaften, einen wunderschönen guten Morgen, Frau Krischtensen …«

»Warum wird Oda extra begrüßt?«, flüstert Fernando Jule zu.

»Ja, warum wohl?«, wispert Jule zurück, während Dr. Bächle erklärt: »Der Leichnam weist zwar schwere Prellungen auf, die zweifelsfrei von diesem …«, der kleine Schwabe, nur wenig größer als der Schafbock, deutet in Richtung

Apfelbaum, »... Mordsviech schtammen. Aber die sind dem erschten Anschein nach alle poschthum entstanden.«

»Ha!«, macht Völxen.

»Aber was ist denn dann die Todesursache?«, fragt Oda.

»Das, verährte Frau Krischtensen, werde ich bei mir im Inschtitut herausfinden. Ich obduzier' nämlich net so gern im Freien – die Insekten, Sie wissen schon. Darf ich Sie zur Autopsie einladen?«

»Danke!«

»Ich hoffe, das war ein Ja«, sülzt Bächle.

»Die Todeszeit?«, knurrt Völxen.

»Um dreie oder viere, heut in der Früh. Ich empfähle mich!«

»Sprach's und eilte von dannen«, seufzt Jule.

»Von wo?«, fragt Fernando.

»Vergiss es!«

»Gut, ich geh dann mal«, murmelt Völxen schweren Herzens.

»Soll ich mitkommen?«, fragt Oda.

Völxen verneint.

»Gut. Aber zupf dir unterwegs das Klopapier vom Hals.«

»Oh, Gott. Der Vadder. Ich hab mir gleich gedacht, da ist was Schlimmes passiert, als der heut Morgen nicht mehr im Bett war. Überall hab ich nach ihm geschaut, ich wollte gerade die Polizei anrufen. Und jetzt kommst du, Völxen, und bringst mir den Tod ins Haus.«

Völxen zuckt bei dieser Formulierung zusammen. Aber ja, so ist es wohl. Er bringt den Menschen den Tod ins Haus.

Renate Jacobsen sitzt zusammengesunken am Küchentisch, Tränen fließen. »Mein Gott, der Vadder ...«

»Was glaubst du, Renate, wie kommt der Arne nachts um drei auf meine Schafweide?«

Sie sieht ihn aus großen, verheulten Augen an und schüttelt ratlos den Kopf.

»War er denn … geistig verwirrt?«, fragt Völxen vorsichtig.

»Manchmal war er was tüddelig«, antwortet die Ehefrau. »So wie man halt langsam wird, im Alter.«

»Neigte er zum Schlafwandeln?«

»Was? Nein!«

»Ist er schon einmal nachts draußen herumgelaufen?«

»Draußen? Nein, was soll er denn da? Der läuft nachts höchstens bis aufs Klo oder zum Kühlschrank.« Sie deutet schluchzend auf das brummende Monstrum in der Ecke. Die Tür zur Terrasse steht offen. Völxen steht auf und macht einen Schritt ins Freie. Rund um das Pflaster stehen Blumenkübel, ordentlich aufgereiht wie Soldaten. Dahinter liegt ein Stück Rasen, umsäumt von Rosenbeeten, und ein ziemlich großer Gemüsegarten mit einem Gewächshaus. Auf dem Tisch, der mitten auf der Terrasse steht, sind etliche leere Gläser, Tassen und Flaschen zu sehen, dazu ein Aschenbecher mit etwas darin, das wie der Rest eines Joints aussieht.

»Habt ihr gestern gefeiert?«

»Der Florian, unser Enkel. Der wohnt ja seit vier Jahren bei uns. Der hatte zwei Kumpels da.«

»Wo ist er denn jetzt?«

»Ich hab ihn geweckt und losgeschickt, damit er den Vadder suchen geht, mit dem Rad. Der Bengel war schier nicht wach zu kriegen, aber dann ist er doch los. Oh, Gott, der Flori. Der hing doch so sehr am Vadder, besonders, seit seine Eltern diesen schlimmen Unfall hatten …«

»Wie lange hat die Party gestern gedauert?«

»Das weiß ich nicht. Ich bin um elf ins Bett, der Vadder auch. Ich nehm dann Oropax und schlaf wie ein Stein. Man läuft ja hier den ganzen Tag genug herum, der Haushalt, der Garten, die Obstbäume, da ist man abends müde, in unserem Alter. Oh, mein Gott, der Vadder!«

Für gewöhnlich schickt Hauptkommissar Völxen Jule Wedekin zu Obduktionen. Die junge Kommissarin findet so etwas interessant, vermutlich ein Überbleibsel ihres abgebrochenen Medizinstudiums. Aber heute hat sich Völxen selbst in den Sektionssaal zu Dr. Bächle begeben. Immerhin geht es um Schuld oder Unschuld seines Schafbocks. Diese Brisanz hat Völxen dem Doktor auch gerade noch einmal deutlich gemacht.

Jetzt meidet Völxen jedoch den Blick auf den aufgeklappten Körper von Arne Jacobsen. Wenn man die Leute kennt, ist die Sache doch noch mal ganz anders.

Nach einer Weile wendet sich Dr. Bächle um, tuschelt mit seiner Kollegin und kommt dann auf Völxen zu: »Scheint's isch der arme Hund ersoffe.«

»Wie bitte?«

»Es gibt Anzeichen dafür, dass der Mann ertrunken ischt«, übersetzt der Mediziner sich selbst.

»In meiner Regentonne?«

»Ganz genau«, bestätigt die Rothaarige hinter dem Mikroskop. »Die Proben vom Wasser aus der Lunge des Toten und dem Rest, der noch in der Tonne war, stimmen überein.«

»Aber wie kann das sein? Und die Tonne war doch umgefallen ...«

»Das mit der Tonne war dann wohl doch der Schafbock«, vermutet Dr. Bächle.

»Der Mann stand unter Drogen«, erklärt jetzt Bächles Kollegin.

»Was? Drogen? Der Arne Jacobsen? Niemals!«, protestiert Völxen. »Der hat höchstens mal ’nen Korn zu viel getrunken oder auch zwei.«

Die Frau schüttelt den Kopf. »Ich spreche nicht von Alkohol, sondern von Scopolamin. Das konnte ich in hoher Dosis in seinem Blut nachweisen.«

»Scopo- was?«, wiederholt Völxen.

»Scopolamin. Das Gift der Engelstrompete, einer weit verbreiteten Kübelpflanze, frei verkäuflich. Es kam in den letzten Jahren immer wieder zu Unfällen damit, auch zu tödlichen. Der Genuss der Pflanze als Rauchware oder als Tee verursacht schwere Halluzinationen. Unter anderem wird davon die Haut sehr heiß und trocken, besonders die Kopfhaut und der Hals, sodass sich hieraus das Bedürfnis erklärt, den Kopf ins nächstbeste Nass zu stecken. Der Tote hat Tee aus den Blättern oder Blüten der Engelstrompete zu sich genommen, das sagt uns sein Mageninhalt. Danach wusste er wohl nicht mehr, was er tat. Meistens sind es ja Jugendliche, die damit herumexperimentieren, aber wie heißt es so schön: Alter schützt vor Torheit nicht.«

Völxen hat bei diesem Vortrag sofort den Tisch auf der Terrasse der Jacobsens vor Augen. Die Teetassen! Irgendwie sind ihm die gleich aufgefallen, die passten nicht so recht ins Bild. Dann die vielen Blumenkübel ... Wenn er sich recht erinnert, war da auch so ein Gewächs mit weißen trompetenförmigen Blüten dabei. Bestimmt haben die drei Jungs im Übermut daraus einen Tee zubereitet und ihn dann stehen gelassen. Vielleicht hat er ihnen nicht geschmeckt, vielleicht kriegten sie es mit der Angst. Und dann wacht der Arne nachts auf, hat Durst, sieht den Tee ...

»So ein verdammter Mist«, murmelt Völxen.

»Aber warum? Des isch doch ein Freischpruch erschter Klasse für Ihren Bock«, konstatiert Dr. Bächle erstaunt.

Aber Völxen kann sich nicht so recht darüber freuen. Er muss an die Worte von Renate Jacobsen denken, wie sehr der Junge an seinem Großvater hing. »Ich wünschte, es wäre der Bock gewesen.«

Dr. Bächle schüttelt den Kopf und murmelt: »Der weiß au net, was er will!«

Down Under Arosa

Der Teufel scheißt immer auf den größten Haufen. Mit diesem Satz im Kopf war ich heute Morgen aufgewacht. Eine Vorahnung, die ich umgehend bestätigt sah: Auf Seite eins des Lokalteils bleckte meine Schwester Daniela ihr Gebiss. Ihr Kampflächeln galt der Eröffnung ihres zweiten Ladens *Egli – Kunst & Antiquitäten*. Daniela hatte aus dem maroden Antiquitätengeschäft, das ihr unsere Mutter hinterlassen hatte, eine Goldgrube gemacht, indem sie alles, was zwei Türen und vier Holzbeine hatte, als »antiken Bodenseeschrank« verkaufte.

Angewidert stopfte ich die Zeitung in den kalten Ofen. Der Kaffee war aus, auch das noch.

Vor der Haustür war alles grau, kalt und feucht. Ein gelbes Gespenst trat aus dem Dunst. Demnach ging es wohl schon auf Mittag zu, aber wer wollte das wirklich wissen, an einem nebelverhangenen Januartag am Bodensee. Das Gespenst reichte mir einen Umschlag. Immerhin kein abgelehntes Manuskript, sondern ein Luftpostumschlag mit exotischen Briefmarken und mehreren verschmierten Poststempeln, adressiert an:

Fräulein Egli Karoline
41, Suttergasse
D-88131 Lindau am Bodensee
Germany

Noch im Mantel riss ich den Umschlag auf.

Liebes Fräulein Egli.

Mein Name ist Reinhold Serner. Ich bin gebürtiger Schweizer und ein alter Bekannter Ihrer Frau Mutter. Ich weiß nicht, ob Ihre Mutter Ihnen von mir erzählt hat. Wahrscheinlich nicht. Ich will ganz direkt sein: Ich war ihr Geliebter bevor sie geheiratet hat und ich nach Australien ausgewandert bin. Durch einen Zufall habe ich erfahren, dass meine geschätzte Marga vor vier Jahren – viel zu jung – verstorben ist. Dazu möchte ich Ihnen mein aufrichtiges Beileid aussprechen. Sie war eine wunderbare Frau, das weiß niemand besser als ich. So humorvoll und energisch, so elegant und dabei voller Leidenschaft ...

Aber nun zum Grund meines Schreibens. Ich habe seinerzeit in Australien Schürfrechte in Coober Pedy, der weltgrößten Opalmiene, erstanden und einigermaßen Glück mit diesem Claim gehabt. Später verlegte mich vom Schürfen auf den Handel. Es kam eins zum anderen, und heute ist meine Company der zweitgrößte Exporteur von Opalen aus Australien. (Vielleicht wissen Sie, dass über 80 Prozent des Weltvorkommens von Opalen aus Australien kommt.) Ich bin jetzt über sechzig, und obwohl ich mich bester Gesundheit erfreue, macht man sich in diesem Alter langsam Gedanken, was danach sein wird. Ich war zweimal verheiratet, beide Ehen sind kinderlos geblieben. Meine zweite Frau starb vor vier Monaten, und ihre Neffen und Nichten sind allesamt verwöhnte Taugenichtse, denen ich keinen Cent meines Vermögens zukommen lassen möchte.

Seit einigen Jahren bekomme ich immer mehr Sehnsucht nach meiner Heimat. Ich plane eine längere Reise durch die Schweiz, und in der ersten Februarwoche habe ich mir ein

Zimmer in Arosa gebucht. Ich bin auch in Australien immer gerne Ski gefahren, aber die Alpen sind eben die Alpen. Bitte entschuldigen Sie nun meine kühne Idee: Wie wäre es, wenn Sie zu dieser Zeit ebenfalls nach Arosa kämen, damit wir uns einmal kennenlernen? Von Lindau ist das – wie sagt man? – ein Katzensprung. Ein Zimmer auf Ihren Namen habe ich vorsichtshalber schon einmal reserviert. Das Hotel ist das Kulm, es hat fünf Sterne, ich nehme an, dass die Schweizer Hotels noch immer exzellent sind. Wenn Sie kommen, wäre es vielleicht gut, wenn Sie die Reservierung vorher noch einmal selber telefonisch im Hotel bestätigen würden, denn das Hotel ist um diese Zeit ausgebucht. Ich hoffe, ich habe Sie nicht allzu sehr überrumpelt mit diesem Vorschlag und würde mich freuen, Sie am Samstag, den 5. Februar gegen 17:00 Uhr in der Lobby bei einem Glas Champagner zu treffen.

Mit herzlichen Grüßen aus Down Under,
Ihr Reinhold Serner

P. S. Ich habe bestimmt keine unmoralischen Absichten, das versichere ich Ihnen aufrichtig.

Der Postbus schraubte sich beharrlich die engen, steilen Kurven hinauf. Beängstigende Abgründe taten sich auf. Ich schloss die Augen, ich war kein Bergmensch, von klein auf nicht schwindelfrei.

Ich hatte Herzklopfen. Wie abenteuerlich, den Exliebhaber seiner Mutter kennenzulernen. Selbstverständlich hatte sie ihn niemals erwähnt. Ihre Töchter waren in dem Glauben aufgewachsen, es mit der Tugend in Person zu tun zu haben.

Es hatte mich nicht viel Überwindung gekostet, meinen beiden Schwestern nichts von diesem Brief zu erzählen. Wir redeten schon seit Jahren nicht mehr miteinander. Wenn wir uns zufällig über den Weg liefen, was in einer kleinen Stadt wie Lindau nicht zu vermeiden war, suchten wir rechtzeitig das Weite oder ignorierten einander.

Es war kurz nach drei, als der Postbus in Inner-Arosa hielt. Weiter kam man nicht auf vier Rädern. Malerisch schmiegte sich das Bergdorf an die weißen Hänge. Der Himmel stahlblau, die Schneelage bestens. Wie gut die Sonne tat nach Wochen im Nebelgrau des Sees.

Das Hotel lag gegenüber der Haltestelle, ich brauchte meinen Koffer und die reichlich angejahrte Skiausrüstung nur über die Straße zu schaffen. Im Foyer wurde ich eingehüllt von einer Atmosphäre aus Gediegenheit, Akkuratesse und – Geld. Nicht protzig, nein, nein. Auf die eidgenössische Art: Man hat es, aber man zeigt es nicht. Oder nur ganz dezent. Einen Lodenmantel mit Nerzfutter zu tragen, wie die ältere Dame mit dem bläulichen Haar, die ihren Schümli an der Kaffeebar nahm, hatte in diesen geografischen Breiten etwas Selbstverständliches.

Von der Dame an der Rezeption wurde ich begrüßt, als sei ich schon jahrelang Stammgast, mein Gepäck entschwebte im Aufzug, ich selbst wurde von einem jungen Mann auf mein Zimmer begleitet.

Wenn meine Schwester mich nicht um mein Erbe betrügen würde, könnte ich mir so ein Hotel auch einmal selber leisten, dachte ich bitter. Müsste nicht jedem Lektoratsauftrag hinterherlaufen und unter albernen Pseudonymen Kurzgeschichtchen für die Yellow Press verfassen. Was mich vom Schaffen wahrer Literatur abhielt.

Die Innenseite der Schranktür offenbarte die Zimmerpreise in Franken. Donnerwetter, der Australier musste wirklich Geld haben.

Geld. Beim Gedanken daran bekam ich rote Wangen. Hatte ausnahmsweise einmal ich das große Los gezogen? Steckte hinter dem Wunsch dieses Reinhold Serner, die älteste Tochter seiner verflossenen Geliebten kennenzulernen, vielleicht noch etwas anderes? Ich sah in den Badezimmerspiegel. Erste Fältchen um die Augen, die im Vergrößerungsspiegel zu schroffen Rillen wurden. Aber das interessierte jetzt nicht, vielmehr die Frage: Warum sind Daniela und Marie blond und ich rothaarig? Und dass ich vor zweiunddreißig Jahren sieben Monate nach der Heirat meiner Mutter zur Welt gekommen war, gab zu denken.

Ich duschte und zog mich um. Ein schwarzes Wollkleid mit einem blauen Tuch um die Schultern, dazu flache Schuhe. Ich schminkte mich dezent.

Es war noch nicht fünf, aber die Ungeduld trieb mich nach unten. Im Kamin des Foyers knisterte ein Feuer. Draußen dämmerte es, und es hatte begonnen, in dicken Flocken zu schneien. Oben am Hang hielt die angestrahlte kleine Bergkirche Wache über das Dorf. Menschen in Skianzügen kamen herein, und mit jedem von ihnen ein Schwall gesunder Luft. Ich sah mich um. Nirgends saß ein Mann um die sechzig, der auf seine verlorene Tochter und Erbin wartete. Es war ja auch noch Zeit. Wohin sollte ich mich setzen? Vielleicht neben das Feuer, das meine roten Haare zum Leuchten bringen würde? Oder doch lieber an die Kaffeebar neben dem Eingang? Würde mich Serner überhaupt erkennen?

»Mit diesem billigen Lipgloss siehst du aus, als ob du sabberst«, sagte plötzlich eine aufdringliche, piepsige Stimme zu mir.

Marie trug einen schneeweißen Skianzug mit Goldapplikationen, ihr Körper verströmte Bergfrische. Im langen Blondhaar hingen dekorativ ein paar Schneeflocken, ihre Wangen waren apart gerötet.

»Besser, als ein Schlauchboot im Gesicht zu haben«, gab ich zurück, woraufhin Marie ihre aufgespritzten Lippen zu einem Lächeln verzog – so gut es eben ging. Ihre Zähne waren von einem Weiß, wie es in der Natur nicht vorkommt. Marie hatte zweimal reich geheiratet und sich reich scheiden lassen. Sie war noch keine dreißig, fuhr einen dicken Geländewagen und wohnte in einem Bungalow mit Seegrundstück.

»Ist die Erbschleicherin auch hier?«, fragte ich resigniert. Warum war ich so naiv gewesen zu glauben, ich sei die Einzige, der er geschrieben hatte?

»Ihre Angestellte im Laden hat jedenfalls gesagt, die Chefin sei für eine Woche verreist.«

Diese Aussage barg zwei wichtige Informationen. Zum einen: Daniela würde binnen der nächsten Minuten hier aufkreuzen. Zum anderen: Auch zwischen meinen beiden Schwestern herrschte Funkstille.

Ich hätte gerne noch ein paar Nettigkeiten mit Marie getauscht, aber vom Aufzug her nahte auf dürren Beinen in Prada-Pumps Daniela im beigen Kaschmirtwinset. Sie trug ihr Kampflächeln und flötete durch das Foyer: »Marie, Karoline, da seid ihr ja!« Sie umarmte uns, wobei sie mir ihre Krallen ins Schulterblatt schlug. Ihr Ohrstecker mit dem Einkaräter zog einen Faden aus meinem blauen Tuch. Der Grund für dieses Bussi-Bussi-Gehabe stand neben ihr: »Darf ich euch vorstellen: Reinhold Serner. Das sind Marie und Karoline, meine lieben Schwestern.«

Dass sie es geschafft hatte, sich einen Vorsprung zu verschaffen, wunderte mich nicht, sie war schon immer die Raffinierteste von uns dreien gewesen.

»Die Egli-Schwestern«, sagte Serner und strahlte wie einer, der soeben eine begehrte Trophäe errungen hat. Reinhold Serner war höchstens einssiebzig groß, hatte lichtes graues Haar und ein unübersehbares Bäuchlein unter einem in Senffarben karierten Jackett, das er über einem schwarzen Skirolli trug. In Stilfragen waren die Australier anscheinend inkompetent. Hellbraune Knopfaugen blinzelten gutmütig über einer voluminösen Nase, sein Lächeln zeigte schiefe Zähne. Wenigstens sind es noch die eigenen, dachte ich frustriert. Nein, dieser Typ hatte mit dem Mannsbild das sich meine Fantasie während der vergangenen Wochen zusammengesponnen hatte, nichts gemeinsam.

Wie sollte ich ihn begrüßen? Musste ich ihn umarmen oder genügte ein Händedruck? Serner löste das Problem auf nonchalante Weise, indem er Marie und mir andeutungsweise die Hand küsste.

Wir nahmen Platz auf den Ledersofas am Kamin. Auf ein peinliches Fingerschnipsen von Serner brachte ein Ober ein Tablett mit vier Gläsern des brieflich angekündigten Champagners. Wir stießen an. Es folgte ein Moment verlegenen Schweigens.

»War denn Ihre Anreise angenehm?«, begann Serner. Er hatte einen Schweizer Akzent und manchmal rollte er das R. Die Unterhaltung kam in Gang. Marie ließ ihren

Kleinmädchencharme sprühen, Daniela schilderte dramatisch, wie sie aus dem kleinen Antiquitätenladen, den meine Mutter nach dem frühen Tod unseres Vaters mehr recht als schlecht alleine geführt hatte, »eine der ersten Adressen am Bodensee« gemacht hatte, ungeachtet der eisigen Blicke, mit denen Marie und ich ihre Ausführungen quittierten. Ich redete am wenigsten, aber wenn, dann bemühte ich mich, etwas Tiefgründiges von mir zu geben. Immerhin war ich die Einzige von uns, die studiert hatte. Germanistik und Kunstgeschichte. Was Daniela und Marie zu der Ansicht verleitete, ich hätte damit meinen Teil am Erbe schon »aufgebraucht«.

Die Dame mit den bläulichen Haaren kam von draußen herein, gerade als Reinhold Serner vorschlug, sich zu duzen. Sie blieb kurz auf unserer Höhe stehen und musterte uns ungeniert und kritisch, ja fast böse, ehe sie im Aufzug verschwand. *Kein Wunder*, dachte ich. *Sie sieht einen schlecht gekleideten alten Gockel mit drei jungen Frauen, die um seine Gunst buhlen.*

Marie wollte vor dem Abendessen noch ins Schwimmbad. Auch Daniela wollte sich »frisch machen«, und automatisch schoss auch ich aus dem Sofa. Serner brachte uns zum Lift, stieg aber nicht mit ein.

Kaum hatte sich die Tür der Kabine geschlossen, brach der Streit los.

»Wenn deine Geschäfte so gut laufen, dann kannst du uns ja endlich unseren Erbteil auszahlen!«, platzte Marie heraus.

Das Testament sah vor, dass Daniela Marie und mich zu gleichen Teilen auszuzahlen hätte, sobald sich das Geschäft amortisierte, spätestens aber nach zehn Jahren. Dank Danielas Geschäftstüchtigkeit lief der Laden nun, vier Jahre nach Mutters Tod, glänzend. Aber Daniela hatte einen guten Steuerberater, der sie jedes Jahr arm rechnete. Gewieft wie sie war, würde sie das Geld keinen Tag vor Ablauf der zehn Jahre herausrücken.

»Gott, ich wusste, dass das kommt«, stöhnte Daniela. »Sooo gut läuft es nun auch wieder nicht, ich musste schließlich Kredite aufnehmen, um zu investieren.«

»Vielleicht sollte man eine Steuerprüfung in die Wege leiten«, schlug ich vor.

»Gute Idee«, fand Marie.

»Mutter wusste schon, was sie tat, als sie ihn mir anvertraute«, fauchte Daniela. »Meint ihr tatsächlich, eine von euch hätte den Laden wieder hinbekommen? Könnt ihr zwei Nichtstuerinnen denn nicht auf eigenen Füßen stehen?«

Der Aufzug war im zweiten Stockwerk angekommen. Wir stiegen aus, blieben aber im Flur stehen.

Ich wechselte das Thema: »Glaubt ihr wirklich, dass dieser Typ und unsere Mutter ...?«

»Och ... er hat schon irgendwie Charme«, meinte Marie. »Und wer weiß, wie er damals aussah.«

»Das Leben dort unten ...« Daniela deutete mit dem Zeigefinger auf den Teppichboden, »... lässt wahrscheinlich jeden ein wenig verrohen.«

»Außerdem ist das egal«, fand Marie.

»Klar, bei dir kann einer einen Buckel haben, Hauptsache, die Kohle stimmt«, bemerkte ich. Der Bruch zwischen Marie und mir war entstanden, nachdem Marie durch Kleinstadttratsch von meinem Techtelmechtel mit ihrem zweiten Ehemann erfahren hatte. Zwar lebten die beiden zu diesem Zeitpunkt schon seit Monaten getrennt, aber Maries Eitelkeit ertrug es nicht, dass ihr abgelegter Ehemann etwas an ihrer drei Jahre älteren Schwester fand – wenn auch nicht lange.

»Aufhören!«, befahl Daniela scharf und hielt Marie und mich mit einem schmerzhaften Zangengriff am Oberarm fest. »Ihr müsst euch zusammenreißen. Einem Haufen keifender, zerstrittener Zicken wird er einen Dreck hinterlassen oder überschreiben. Wir müssen uns von unserer besten Seite zeigen, kapiert?«

Sie ließ unsere Arme los und sah uns an, wie eine Lehrerin, die sich nicht sicher ist, ob ihre tumben Schüler etwas verstanden haben.

»Habt ihr überhaupt eine Ahnung, was Opalmienen abwerfen?«

Ich schüttelte den Kopf. Marie rieb sich den Arm.

»Das sind Dimensionen, die wir uns kaum vorstellen können. Also, meine Damen: Contenance! Harmonie ist angesagt. Ein paar Tage wenigstens.«

Am Eingang zum Hauptrestaurant stand eine kleine Holzfigur auf einem Tisch. Sie sollte den männlichen Gästen zur Orientierung bei der Wahl angemessener Kleidung dienen. An diesem Abend trug der Holzmann einen schwarzen Anzug und eine Krawatte. Reinhold Serner trug ein goldgelbes Sakko und ein hellblaues Hemd zur beigen Cordhose und anstatt einer Krawatte einen kirschgroßen, bunt gefleckten Stein an einer Goldkette. Ein Boulderopal, wie wir später erfuhren. Der steife Restaurantchef begrüßte Serner dennoch wie einen Staatsgast. Die Toleranz der Schweizer ist groß.

»Wie wird man Opalsucher?«, fragte Marie nach dem Essen. Für sie hätte man auch ein Holzfigürchen an den

Eingang stellen sollen, vielleicht hätte uns das vor dem Anblick ihres bis über die Grenze des Anstands hinaus entblößten Busens bewahren können.

Reinhold Serner grinste: »Ganz einfach: Man beantragt bei der Verwaltung einen Claim für dreißig australische Dollar pro Jahr, dann steckt man seinen Claim ab, hängt die Steuermarke an einen Pfosten und buddelt erst ein Loch nach unten, dann Gänge in jede Richtung. Ein Claim ist fünfzig Quadratmeter groß und mit Glück findet man Opale.«

»Und so hast du angefangen?«, fragte Daniela fasziniert.

»Genau so. Zwei Jahre lang lebte ich wie ein Maulwurf unter der Erde. Coober Pedy war der richtige Platz, um vergessen. Die Schweiz, eure Mutter ...« Er nahm einen großen Schluck von dem Bordeaux, es war schon die zweite Flasche. Serner fuhr fort: »Man arbeitet nicht nur in der Miene, man lebt auch dort. In Coober Pedy liegen mehrere Stockwerke unter der Erde, es gibt dort Geschäfte, Kneipen und sogar Hotels, Kirchen und Krankenhäuser. Aber Reichtum, Staub und Hitze steigen den Menschen in den Kopf. Ich kenne Leute, die haben inzwischen eine solche Angst vor dem Tageslicht, die gehen nie mehr raus.«

»Im Ernst?«, fragte ich erschüttert. Bei mir löste schon der Gedanke an eine Souterrainwohnung Atemnot aus, und Serner kam mir ab und zu vor wie Käpt'n Blaubär.

Ob wahr oder nicht, Serner konnte gut erzählen, und wir lauschten seinen Geschichten wie drei kleine Mädchen einem Märchenonkel. Er sah jünger aus als sechzig, und wenn man ihn eine Weile beobachtete, entdeckte man hinter seiner durchschnittlichen Fassade ein recht einnehmendes Wesen.

Er konnte einen zum Lachen bringen. Wie lange war es her, dass meine Schwestern und ich zusammen gelacht hatten?

»Wenn ihr mir nicht glaubt, fahrt hin und schaut es euch an.«

»Doch, natürlich glauben wir dir«, versicherte Marie und nickte so eifrig, dass ihr Busen wie Götterspeise zitterte. Was unserem Tischherrn nicht entging.

Auch Daniela sammelte Pluspunkte. Als die Kellnerin Schwierigkeiten hatte, die dritte Flasche Wein zu öffnen, zückte sie kurzerhand ihr Schweizermesser und nahm sich des Problems an. Im Nu war der Korken draußen.

»Es ist ein Segen, wenn Frauen praktisch veranlagt sind«, lobte Serner. Daniela hatte sich in jeder Hinsicht präpariert. Sie glänzte immer wieder durch qualifizierte Fragen und warf mit Vokabeln wie »Kristallopal«, »Matrixopal« oder »Dugouts« um sich.

Während sich unser Gönner weiterhin über Mineralien verbreitete, fing ich in einen finsteren Blick vom Nachbartisch auf. Die Nerzfutterdame saß allein vor einer Flasche grünem Veltliner. Ihre Mundwinkel sahen aus, als hätte sie das Lächeln vor langer Zeit verlernt. Sie tat mir leid: reich, alt und einsam und nun gezwungen, unserer Unterhaltung zu lauschen, denn Serner sprach nicht eben leise. »Ja«, sagte er gerade, »deshalb wollte ich hierher. In die Höhe, ans Licht.«

»Aber du lebst doch schon lange nicht mehr in der Miene«, warf ich ein.

»Sicher«, räumte er ein. »Als Schürfer wird man nicht wirklich reich, nur als Händler, das habe ich früh erkannt. Und es hat funktioniert. Eins kam zum anderen.« Er grinste in einem Anflug von Selbstzufriedenheit. »Wie sagt man in der Schweiz – der Teufel scheißt immer auf den größten Haufen.«

Am nächsten Tag strahlte die Sonne. Also hieß es, zeitig um neun aufzustehen, sich Birchermüsli einzuverleiben, dann in den Schlepplift und die Bergbahn. Serner fuhr wie ein wilder Stier; kein Stil, irres Tempo. Daniela fuhr langsamer, aber stilistisch korrekt. Marie verblüffte durch draufgängerische Fahrweise und sah noch dazu am besten dabei aus. Auf mich mussten sie nach jeder Abfahrt und an jeder Kreuzung warten, bis ich mit zitternden Knien und am Ende meiner Kräfte nahte. Ich hatte zuletzt vor zehn Jahren auf Skiern gestanden.

Dennoch hatte mir Reinhold vorhin, als wir zusammen im Schlepplift standen, versichert, meine Augen seien so blau wie Lapislazuli und ich erinnerte ihn von uns dreien am meisten an meine Mutter. Seltsam, sonst behaupteten das die Leute immer von Daniela. Ich fühlte mich als *primus inter pares*. Aber nicht lange.

»Diese skrupellose kleine Schlampe«, zischte Daniela, als wir nebeneinander im Sessellift saßen und vor uns Serners ausgestreckten Arm um Maries Schulter liegen sahen.

Ich stimmte Daniela aus ganzem Herzen zu.

Endlich entschloss man sich zu einer Mittagspause auf einer der Berghütten. Ich musste mal. Vor dem Damenklo standen sie Schlange, aber ich traute mich nicht ins fast leere Herrenklo, wie Daniela es gemacht hatte. Ich wartete brav in einer Geruchswolke aus Jagertee und Erbsensuppe und ließ dabei meinen Blick über das imposante Panorama schweifen. Wie schön die Welt hier oben war. *Ich bin so schön, ich bin so toll, ich bin der Anton aus Tirol* schallte es aus den

Lautsprechern. Ich sah Daniela bei den abgestellten Skiern hantieren. Sie hatte wohl Probleme mit der Einstellung ihrer Bindung, jedenfalls war sie schon wieder mit ihrem Schweizermesser zugange.

»Müsse Se jetzt, oder müsse se nedd?« schwäbelte es hinter mir. Blind vom Sonnenlicht stolperte ich in die Toilette. Als ich zurückkam, saßen Reinhold und Marie vertraulich kichernd am Biertisch. Daniela stand um Jagertee an. Auch das noch, wo als nächstes eine schwarze Abfahrt auf dem Plan stand.

Mit roten Gesichtern standen wir wenig später am Abgrund.

»Karoline, lass dir ruhig Zeit«, mahnte Serner fürsorglich. »Wir warten unten auf dich.«

Mit einem krächzenden Jodler stürzte er sich er sich den Steilhang hinunter. Marie flog wie ein weißer Derwisch hinter ihm her. Daniela sah ihnen nach und schlug ein Kreuz über ihrer Brust, eine Geste, die ich noch nie bei ihr gesehen hatte. Sie nahm den Hang kontrolliert und sicher, während meine abgewetzten Kanten führungslos übers Eis schrammten. Ich war ausschließlich mit meinem Überlebenskampf beschäftigt, deshalb bemerkte ich nicht, was sich ein paar hundert Meter weiter unten abspielte. Als ich dort ankam, sah ich als erstes Maries schmerzverzerrtes Gesicht im Schnee. Reinhold schob ihr gerade seinen Anorak unter den Kopf. Dann bemühte er sich, ihren rechten Ski von ihrem Bein abzulösen. Der andere stak im Tiefschnee abseits der Piste. Marie schrie auf.

»Es tut mir leid, mein Kleines«, sagte er. »Verdammt, diese Bindung sitzt aber auch bombenfest.«

Daniela stand etwas abseits, das Handy am Ohr.

»Wie ist das passiert?«, fragte ich.

»Ich weiß nicht«, wimmerte Marie. »Auf einmal ging am linken Ski die Bindung auf, einfach so.«

Daniela trat zu uns. »Die Bergwacht kommt gleich«, sagte sie in einem geschäftsmäßigen Ton und steckte ihr Mobiltelefon wieder weg.

»Das warst du, mit Maries Bindung.«

Daniela stand am Rand des Schwimmbades, wo sie ihren mageren Rücken von den Massagedüsen durchkneten ließ.

»Denk, was du willst.«

»Ich habe dich beobachtet.«

»Marie konnte noch nie fair spielen, weißt du nicht mehr? Schon als Kind hat sie Papa mit ihrem Rehblick rumgekriegt, sie beim Monopoly gewinnen zu lassen. Nur, damit das Gör nicht heult.«

»Sie hätte tot sein können, oder gelähmt«, empörte ich mich.

Ohne mich anzusehen sagte Daniela: »Wenn sie ihn heiratet, schauen wir mit dem Ofenrohr ins Gebirge, das ist dir doch klar.« Dann glitt sie ins Wasser, lautlos wie eine Muräne.

Marie verbrachte zwei Tage im Krankenhaus in Chur. Zunächst hatte ich befürchtet, dass ihr Unfall erst recht Serners Beschützerinstinkte wecken würde, aber Daniela und ich nutzten die Auszeit, um Serner über Marie und ihre armen, ausgeplünderten Ex-Ehemänner aufzuklären. Natürlich übertrieben wir ein bisschen.

Am dritten Tag nach dem Sturz stakste Marie auf zwei Krücken zur Tür herein und schwärmte von den Operationskünsten des sympathischen Chirurgen, der ihren Bänderriss wieder geflickt hatte. Serner verhielt sich ihr gegenüber nun eher fürsorglich-väterlich. Die unmittelbare Gefahr schien abgewendet. Dafür war es nun Daniela, die sämtliche Register zog. Schon während der vergangenen zwei Abende war mir aufgefallen, dass ihre Kleidung immer femininer und freizügiger wurde. Aber das nützte ihr nicht viel. Reinhold Serner und ich hatten eine gemeinsame Wellenlänge gefunden: die Literatur. Auch wenn sein Repertoire nicht mehr ganz auf der Höhe der Zeit war, so gab es doch einige Werke, die wir beide gelesen hatten. Simmel und Willi Heinrich, zum Beispiel. Er überraschte durch kluge Analysen und schwärmerische Ausbrüche.

Mit Rücksicht auf Marie war für den folgenden Tag eine Schlittenfahrt geplant. Ich freute mich schon diebisch darauf. Entspannt und ohne Anstrengung (und vor allen Dingen ohne Furcht vor manipulierten Skibindungen) würden wir durch den Schnee gleiten, und dabei kluge Gespräche führen, während meine Schwestern schafsdumm dasitzen würden. Danielas Literaturfundus nährte sich aus ein paar Bänden *Fünf Freunde* und *Hanni und Nanni*, sowie der Pflichtlektüre, die sie auf der Handelsschule verordnet bekommen hatte, und auch Marie konnte höchstens über *Arztromane* und *Fifty Shades of Grey* referieren. Schon beim Frühstück konnte ich mein triumphierendes Lächeln kaum verbergen, und als Marie Sekt orderte, nahm ich getrost ein zweites Glas. Um zwölf sollte es losgehen. Also war noch Zeit, nach Arosa, in den Hauptort, zu laufen, wo ich in einer Boutique ein schickes Wollcape erstand. In dem würde ich mich malerisch auf dem Schlitten drapieren. Was wollte ein Mann mehr, als Schönheit und Klugheit in einer Person vereint? Der Preis des Capes schlug mir auf den Magen. Ich schaffte es mit Ach und Krach und mit Schweißperlen auf der Stirn bis ins Hotel, wo ich mir gerade noch die Hosen herunterreißen konnte, ehe es losging. Ich verflüchtigte mich via Darm und Klospülung in die Kanalisation von Arosa. Kein Gedanke an eine Schlittenfahrt. Gedanken ans Sterben. Vergiftet von den eigenen Schwestern, diesen Hyänen. Wahrscheinlich war es Marie gewesen. Die liebte schon als Kind so blöde Scherze wie Zucker mit Salz vertauschen oder Haarkur mit Enthaarungscreme. Ich rief Serner an und berief mich auf ein vages Unwohlsein. Mag ein Bänderriss Bilder von anrührender Verletzlichkeit heraufbeschwören, so weckt der Begriff Durchfall im allgemeinen Assoziationen, die mit Sex-Appeal nichts zu tun haben.

Er klang ehrlich enttäuscht. »Da kann man nichts machen. Gute Besserung, meine Liebe.«

Gegen Nachmittag kamen meine Gedärme zur Ruhe. Ich gönnte mir eine Massage und eine Kosmetikbehandlung. Dadurch verbesserte sich nicht nur mein körperliches Wohlbefinden, sondern auch meine Stimmung. Ich fühlte mich leicht – kein Wunder – und entspannt.

Zu einem gemeinsamen Umtrunk zur Happy Hour begrüßte mich Marie – ungeachtet der Tatsache, dass sie sich dadurch verriet – unverblümt und in größtmöglicher Lautstärke: »Na, Karo, was macht der Dünnschiss?«

Für den Abend hatte uns Reinhold Serner zum Käsefondue angemeldet. Das folkloristische Essen wurde auf dem »Piz

Kulm« zelebriert, einem kleinen Aussichtstürmchen im alten Hoteltrakt, dessen zwei Tische Platz für knappe zwanzig Leute bot. Obwohl es zu dieser intimen Veranstaltung keinerlei Kleidungsvorschriften gab und die meisten Teilnehmer leger gekleidet waren, hatte sich Daniela aufgebrezelt, als ginge es zum Opernball: Die Haare hochgesteckt, die Wimpern aufgebogen, den Mund in dramatischem Violett nachgezogen. Ein schwarzes, glitzerndes Etwas legte ihre Schlüsselbeine frei, so dass man Angst haben musste, sich daran aufzuspießen. Zu meiner Verwunderung war auch die Dame mit den bläulichen Haaren mit von der Partie. Die meisten Freunde des Käsefondues waren Deutsche und Italiener. Die Schweizer zogen das Galamenü im Restaurant vor. Die Tischgespräche drehten sich nun, in der erweiterten Runde, nicht mehr um Schöngeistiges, sondern um die vorschriftsmäßige Fonduezubereitung und das Wetter: Denn draußen herrschte schon seit dem Mittag dichtes Schneetreiben, so sehr, dass man die kleine angestrahlte Kirche – das »Bergkirchli« – nicht mehr erkennen konnte. Es flossen viel Weißwein und Kirschwasser. Ich unterhielt mich mit der Nerzfutterdame, die alles über uns Egli-Schwestern wissen wollte, woher wir kamen, was jede von uns machte. Irgendwann verschwamm alles in Schnee und Gelächter, »die Peitsche, die Peitsche«-Rufen und Kirschwasser. Ich sollte mich tags darauf nur noch vage an den Abstieg vom Piz Kulm durch den Angestelltentrakt erinnern.

Ich erwachte gegen Mittag mit einem Brummschädel. Es sollte der letzte volle Tag sein, für den morgigen Samstag war meine Abreise und auch die der anderen geplant. Noch immer schneite es heftig, und es sah nicht so aus, als ob es so bald ein Ende nehmen wollte.

Ich schlüpfte in Stiefel und Mantel und trat vor die Tür. Im Dorf herrschte Betrieb. Schneepflüge fuhren auf und ab, Fräsen schnurrten, Männer mit Kapuzen schaufelten Autos frei, Kinder versuchten, Schneebälle zu formen, aber der Schnee war zu pulverig. An den Reifen der Busse und Autos rasselten fröhlich die Ketten. Inzwischen wusste man im Ort nicht mehr, wohin mit dem vielen Schnee, er wurde auf Lastwagen abtransportiert.

»Das sind bestimmt anderthalb Meter«, staunte ein Herr im Skianzug.

Ein Klackern hinter mir signalisierte, dass Marie im Anmarsch war.

»Daniela ist wirklich ein fieses Aas. Und noch dazu eine Schlampe«, schimpfte sie. »Rate mal, aus welchem Zimmer ich sie heute früh rausschleichen sah?«

Ich antwortete nicht. Ich war müde und verkatert, und mich nervte das ganze Theater. Am liebsten wäre ich schon heute abgereist, aber den Anstrengungen des Packens und Bus- und Bahnfahrens fühlte ich mich nicht gewachsen.

»Was machst du hier?«, fragte Marie.

»Ich wollte gerade einen Spaziergang zum Bergkirchli machen.«

»Darf ich mitkommen?«

»Mit den Krücken? Bei dem Schnee?«

»Das geht schon. Willst du mal die Muckis sehen, die ich schon an den Armen gekriegt habe?«

Ich wollte nicht. Wir gingen zusammen los. Wir brauchten über eine halbe Stunde für die paar hundert Meter zu der kleinen Bergkirche. Aber Marie gab nicht auf, auch wenn sie keuchte und japste. Jemand hatte wohl heute früh einen Weg in die Schneedecke gefräst, aber seitdem waren schon wieder fast zwanzig Zentimeter gefallen. Nur eine einzelne Spur sah noch recht frisch aus. Vor der Kirche mit dem kleinen Friedhof stand eine bekannte Gestalt im Schneetreiben.

»Was wollt ihr denn hier?«, fragte Daniela unwirsch, als wir oben angekommen waren.

Zum Streiten fühlte ich mich noch nicht in der Lage. Den anderen ging es wohl ebenso, denn Marie, völlig außer Atem, keuchte: »Wisst ihr noch, wie wir früher immer einen Engel gemacht haben im frischen Schnee?«

»Ja«, antworteten Daniela und ich im Chor.

»Lass das lieber sein mit deinen Krücken«, warnte ich.

»Aber *ich* kann einen tollen Engel machen«, rief Daniela übermütig und ließ sich mit ausgebreiteten Armen rücklings neben den Weg fallen. Sofort sank sie tief in den lockeren Schnee. Sie hustete und prustete und ruderte mit den Armen, aber es war, als wollte sie sich auf einem Berg Federn abstützen. Alles um sie war weich und weiß und gab nach. Marie und ich lachten. Daniela auch. Die Ränder des Kraters, den sie mit ihrem Körper in den Schnee gezeichnet hatte, brachen über ihr zusammen, wir sahen plötzlich nur noch Fragmente ihres roten Anoraks durchschimmern. Marie und ich lachten noch mehr.

»Los, helft mir raus«, kam es dumpf von unten. Sie zappelte mit Armen und Beinen, was es nur noch schlimmer machte. Das ganze erinnerte mich an eine Filmszene, in der ein Mann im Treibsand versank. Aber das hier war ja nur Schnee.

»Jetzt helft mir schon raus, verdammt noch mal«, hörten wir Danielas erboste Stimme leise durch den Schnee. Ich machte einen Schritt auf sie zu, aber da spürte ich Maries Krücke wie einen Gewehrlauf in meinem Rücken. Ich wandte mich um. Sie sah mich an. Ich sah sie an. Sekunden vergingen.

»Helft mir«, kam es flehend von irgendwo da unten. »Ich krieg keine Luft.«

Von unserer Schwester war inzwischen gar nichts mehr zu sehen, nachdem sie in einer Panikattacke um sich geschlagen und dadurch noch mehr Schnee auf sich geladen hatte.

»Es war ihre Idee, mit dem Rizinusöl«, sagte Marie. »Und ich wette, sie hat an meiner Skibindung geschraubt.«

Wir standen da wie angewachsen und starrten auf das Loch im Schnee.

Es war auf einmal sehr still. Eine absolute, nie gekannte Stille, in der man die Schneeflocken fallen hörte. Zeit verrann.

Dann, wie auf ein unsichtbares Kommando, stürzten sich Marie und ich in den Schnee. Wir begannen, wie die Hunde zu buddeln, bis jede von uns ein Stück von Daniela zu fassen bekam.

»Auf drei!«, schrie ich, und wir zogen und zerrten, Marie auf den Knien, ich auf dem Bauch, bis wir zu dritt auf dem Weg lagen. Marie hielt sich jammernd ihren verletzten Fuß, Daniela hustete, sie war blau im Gesicht und die Panik stand ihr noch immer in den Augen. Ich keuchte.

Keine von uns gab einen Kommentar zu dem Vorfall ab. Nach einer Weile standen wir auf. Stumm gingen und humpelten wir bergab, wobei wir uns stützten, wenn wir ins Rutschen gerieten.

Wir hatten genug vom Schnee. Serner ging nicht ans Telefon, und wir hängten ihm einen Zettel an die Tür, dass wir die geplante Schneeschuhwanderung ausfallen lassen würden. Stattdessen gingen wir zusammen in die finnische Sauna, die Dampfsauna und die Biosauna, und als wir über dem Schwimmbecken im Whirlpool saßen und auf die Bergkulisse schauten, hatte es endlich aufgehört zu schneien. Die Welt war neu und unberührt.

Eine ältere Dame gesellte sich zu uns in den Pool. Es war die Nerzfutterdame, die ihre bläulichen Haare unter einer schlüpferrosafarbenen Rüschenbademütze versteckt hatte.

»Wo ist der Chef des Harems?«, fragte sie unverblümt.

»Auf einer Schneeschuhwanderung«, antwortete Daniela perplex.

»Ist er nicht. Er ist abgereist.«

»Woher wissen Sie das?«, fragte ich. »Haben Sie ihn gesehen?«

»Das macht er immer so. Natürlich, ohne die Rechnung zu bezahlen.«

»Was?«

»Er kommt jedes Jahr hierher, schon seit fünf oder sechs Jahren, und immer hat er junge, attraktive Frauen um sich. Am Anfang dachte ich, es seien – na, Sie wissen schon. Professionelle. Aber das trifft in Ihrem Fall ja wohl nicht zu.«

»Danke«, sagte Marie. Wir tauschten entsetzte Blicke.

»Welche Geschichte hat er Ihnen erzählt? Die mit der Ölquelle in Sibirien oder die Opalmiene in Australien?«

»Die Opalmiene«, seufzte ich.

»Stimmt. Er hatte ja auch dieses bunte Ding um den Hals. Sehr detailverliebt, das muss man ihm lassen.«

»Wer, zum Teufel, ist er?«, rief Daniela.

»Halt ein älterer Charmeur mit wenig Geld, der gerne Ski fährt und sich in noblen Hotels mit schönen Frauen umgibt. Heutzutage, im Internetzeitalter, ist es ja nicht schwierig, Dinge über Leute herauszufinden. Und wie Sie mir gestern erzählt haben, sind die Egli-Schwestern in Lindau und Umgebung ohnehin ein Begriff.«

»Ach du Scheiße«, flüsterte Marie, während die Nerzfutterdame steifbeinig aus dem Whirlpool stieg.

»Warum haben Sie uns das nicht früher erzählt?«, rief ich ihr hinterher. Sie blieb stehen.

»Sie kamen zerstritten hierher und jetzt sitzen Sie einträchtig im Wasser. Sie sollten ihm dankbar sein und stillschweigend die Rechnung bezahlen, ehe sie sich in Ihrer Kleinstadt zum Gespött machen.«

Sie hüllte sich in den Hotelbademantel und ging.

Daniela bestellte eine Flasche Sekt.

»Darauf kommt es jetzt auch nicht mehr an«, meinte sie.

Netterweise hat Daniela meine Hotelrechnung mitbezahlt. Außerdem hat sie mich zur Geschäftsführerin in ihrem neuen Laden ernannt, der demnächst auch ein Antiquariat beherbergen soll. »Wenn keine Kundschaft da ist, kannst du ja an deinem Roman schreiben«, hat sie gesagt. Aber die Geschäfte gehen gut, ich komme kaum dazu, und ich lerne interessante Leute kennen. Auch nette Männer.

Marie ist noch am selben Abend mit dem Chirurgen aus Chur, der ihren Bänderriss operiert hat, ausgegangen. In der Lindauer Schickeria geht das Gerücht von einer heimlichen Verlobung um.

Wir drei Egli-Schwestern gehen jetzt jeden ersten Samstag im Monat zusammen essen und im nächsten Winter für eine Woche zum Skifahren, aber nicht nach Arosa. Obwohl mich unsere Nachfolgerinnen schon interessieren würden.

Vier Barleichen und ein Stromausfall

Allmählich füllt sich die Bar. Wie gut, dass ich schon meinen Platz eingenommen habe. Das *Oscar's* ist nicht nur die schönste Bar der ganzen Stadt Hannover, man muss auch in anderen Städten lange suchen, um eine so gepflegte Lokalität zu finden. Gediegen ist die Räumlichkeit, und doch auch aufgelockert durch farbenfrohe Bilder und ein bisschen Jugendstilkitsch wie die riesigen, goldrahmigen Spiegel und die grazil verästelte Lampe mit den blauen Schirmchen am anderen Ende der Theke. Aber das Eindrucksvollste ist natürlich das, was eine Bar im Allgemeinen ausmacht: die geradezu berauschende Fülle an Flaschen! Bis hinauf an die überhohe Decke reicht das Regal. Im oberen Drittel stehen die Whiskyflaschen – das *Oscar's* ist bekannt für seine riesige Auswahl an Malt Whiskys. Weiter unten stehen die Schnäpse und natürlich finden sich hier auch sämtliche Spirituosen und Sirups, die man für die reichhaltige Cocktailkarte braucht. Ich persönlich habe es nicht so mit Cocktails, ich bin ja kein Mädchen. Ich bevorzuge einen handfesten *Lagavulin,* einen Single Malt von der Insel Islay, der südlichsten der Inneren Hebriden. Davor, für den Durst, ein frisch gezapftes *Gilde* oder auch zwei, und an heißen Sommertagen vielleicht einmal einen Martini oder einen Wodka-Bitterlemon.

Zum Glück liegt die Bar schräg gegenüber von meinem Arbeitsplatz, der *Deutschen Bank,* und ein oder zwei Mal in der Woche gönne ich mir dort nach Feierabend eine Verschnaufpause, ehe ich mit der Stadtbahn nach Hause fahre, zu Frau und Kindern. Ich mag diese Atmosphäre am frühen Abend, wenn draußen, über dem Opernplatz, die blaue Stunde verdimmt und die Bar sich langsam füllt. Ich schaue dem Barmädchen beim Polieren der Gläser zu und versinke wohlig in dieser allmählich anschwellenden Kakofonie unterschiedlicher Bargeräusche: die Stimmen der Gäste, das Rasseln des Cocktailshakers, das Zischen des Bierhahns, das Knistern der Kartoffelchips, die man zum Drink serviert bekommt, das satte Plopp eines Weinkorkens, das Klirren der Eiswürfel in den Gläsern. Später, wenn Oper und Varieté zu Ende sind, wird es hier laut sein und viel zu geschäftig für meinen Geschmack. Aber nach der Arbeit ist das *Oscar's* für mich der angenehmste Ort der Stadt und ich kann glücklich, still und unauffällig dasitzen, ganz hinten, wo der lange Tresen einen Knick macht. Dazu der dezente Jazz, der im Hintergrund läuft, das ist nach einem anstrengenden Tag für mich Entspannung pur ...

Pfummpfumm ... krchchchcht ... ploing, ploing, ssssst ... tschttschtschtttt ... chrrrrrr ... blubbblubbblubb ... brzbrz ...

Oh, verflucht, nicht schon wieder diese Latte-Macchiato-Bande! Ich meine, mir kann es im Prinzip egal sein, was die Leute trinken, es sind ja ihre Blutbahnen, durch die dann spätnachts das Koffein rauscht, es sind ihre Gedärme, in denen der Milchschaum rumort. Aber der Heidenkrach, den dieser Kaffeeautomat macht, ist eine Lärmbelästigung erster Güte: zuerst das Geschepper, mit dem das Kaffeepulver aus dem Siebträger geschlagen wird, dann das ohrenbetäubende Mahlen der Bohnen, gefolgt vom Brummen und Plätschern, wenn der Kaffee in die Tasse rinnt, und am Ende dann das Zischen der Dampfdüse und die geradezu unanständigen Geräusche, die die Milch von sich gibt, wenn sie aufgeschäumt wird.

Leute, dies hier ist eine *Bar*! Hier trinkt man Bier, Wein, Schnaps, Whisky, Cocktails ... und nicht dieses Schickimicki-gesöff. Für den Genuss von Kaffee in Cocktailgläsern haben wir schließlich *Starbucks*.

Meistens sind es ja diese Tussen mit den den *Prada*-Sonnenbrillen im blond gesträhnten Haar, die dieser Unart frönen. Seit ein paar Wochen ist es jedoch ein Pärchen, das mir mit dieser Latte-Marotte auf die Nerven geht. Er mit Dreitagebart und so einer affigen Wuschelfrisur, sie ein Gesicht wie ein Podenco, Zickenbrille, gefilzte Handtasche. Jedes Mal, wenn sie »Noch 'nen Latte!« bestellt, könnte ich sie ...

Ja, wie schon gesagt, das *Oscar's* ist eigentlich eine überaus angenehme Bar, aber leider benehmen sich nicht alle Gäste so, wie es sich für eine so traditionelle Lokalität gehört. Da sind zum Beispiel diese Scheitelträger mit ihren Laptops. Also, wirklich! Wenn ich noch arbeiten muss, dann bleibe ich im Büro. Und wenn ich in einer Bar bin, dann habe ich frei und genieße mein Getränk. Das Klackern der Tastaturen hinterlässt bei mir das Gefühl, ich sei noch im Büro, und vermiest mir die Stimmung. Ich habe ja den Verdacht, diesem nicht mehr ganz jungen Typen, der da allein an einem Vierertisch sitzt, geht es hauptsächlich darum, dass jeder den weiß leuchtenden Apfel auf dem Deckel des Gerätes zu sehen bekommt. Poser! Ein paar Mails auf dem Smartphone lesen mag ja noch angehen, solange man nicht damit telefoniert und hineinbrüllt, wie es leider auch bisweilen vorkommt. Aber ein aufgeklapptes Laptop in einer Bar finde ich mindestens so unpassend wie Strickzeug. Ja, ganz richtig: Strickzeug! Genau hinter mir sitzen zwei Frauen, die zwar keinen solchen Höllenlärm verursachen wie die Latte-Schlürfer, weil sie Weißweinschorle trinken, aber dafür klappern ihre Stricknadeln. Unentwegt. Ich habe gelesen, das Stricken jetzt wieder ganz ›in‹ sein soll, sogar meine Gattin hat nach dreißig Jahren wieder damit angefangen. Es soll so beruhigend und entspannend sein. Also, mich entspannt das nicht. Und ich frage mich wirklich, wo um Himmels willen das noch hinführen soll! Trifft sich hier bald der Handarbeitskreis? Die Krabbelgruppe? Werden hier bald Cupcakes serviert oder Sushi? Gibt es demnächst Whisky-Verkostungen, bei denen man gleichzeitig mit schottischer Tweedwolle eine Runde probestricken kann? *O tempora, o mores*! Ich gehöre ja sonst nicht zu denen, die behaupten, früher wäre alles besser gewesen, aber ich wette, wenn man im *Oscar's* noch rauchen dürfte, dann gäbe es diese Latte-Schlürfer und die Strickerinnen hier drin nicht.

Ja, ich gebe es zu, ich trauere den Zeiten nach, wo ich noch meine Zigarre zum Whisky am Tresen rauchen konnte und man manchmal am späten Abend die anderen Gäste nur noch durch einen Dunstschleier erkennen konnte. Was den meisten ohnehin zum Vorteil gereichte. Es hatte so was … Anrüchiges. Eine Bar ist eben eine Bar und keine Kita.

Da kommt ja auch schon das nächste Übel, das Schlimmste von allen. Ich nenne den Typen immer nur den Proll. Er trägt Cowboystiefel, hat zu viel Gel im Haar und sieht, obwohl erst in den Dreißigern, verlebt aus. Der Ansatz einer Bierplautze verbeult das *Hollister*-T-Shirt unter der Lederjacke und hängt über seiner *Dolce*-Gürtelschnalle, die garantiert so schwer ist wie ein Schiffsanker. Was Kleidung angeht, bin ich ohnehin eher konservativ, das bringt der Beruf mit sich, aber davon abgesehen bin ich grundsätzlich der Meinung, dass Männer über sechzehn keine Jeans mit Löchern darin tragen sollten, und schon gar nicht sollten aus diesen Löchern dunkle Haare herausschauen. Und das ist noch nicht alles. Wenn der Typ auf dem Barhocker sitzt, hat man tiefe Einblicke in ein feistes Maurer-Dekolleté. Leider ist der Kerl ein Stammgast, er kommt fast jeden Tag. Zumindest wenn ich da bin, ist er auch immer da. Manchmal mit Kumpels vom selben Schlag wie er, manchmal hat er auch eine Frau dabei. Es ist fast jedes Mal eine andere, aber immer dieselbe Kategorie: Haar zu blond, Teint zu braun, Fingernägel zu bunt, Stimme zu laut. Der Proll benimmt sich, als sei er hier zu Hause und als gehöre ihm der Laden. Hat er niemanden dabei, den er kennt, belästigt er das Thekenpersonal mit seinen müden Witzen und seinem Bildzeitungswissen. Oder er telefoniert. Das alles geschieht so laut, dass man es auch noch im letzten Winkel versteht, ob man will oder nicht. Ich gehöre zu denen, die das nicht wollen, und ich habe schon etliche andere Gäste die Augen verdrehen sehen. Würde er nicht so viel Umsatz machen, hätte man ihm bestimmt schon längst Lokalverbot erteilt.

Heute ist es wieder besonders schlimm, also nehme ich meinen *Lagavulin,* gehe raus vor die Tür und stecke mir einen Zigarillo an.

Es ist wenig los, ein ruhiger Mittwochabend im Juli, die Tische auf dem breiten Gehweg der Georgstraße, die zum *Oscar's* gehören, sind leer, es ist zu kühl. Der ganze Sommer taugt nicht viel. Ich genieße trotzdem meinen Zigarillo. Anscheinend ist die Crew heute noch nicht dazu gekommen, den Rauchertisch zu säubern, jedenfalls steht da ein Glas, in das es zwei Fingerbreit hineingeregnet hat, und im großen Aschenbecher schwimmen jede Menge aufgeweichter Kippen in einer dunkelbraunen, fast schwarzen Brühe. Einem Spieltrieb gehorchend, schütte ich das Nikotinkonzentrat aus dem Aschenbecher in das verregnete Glas. Hat jetzt fast dieselbe Farbe wie mein *Lagavulin,* stelle ich fest.

Als ich aufgeraucht habe, nehme ich das Glas mit der Nikotinbrühe mit hinein. Das Mädchen, das heute hinterm Tresen steht, ist noch neu. Nicht, dass sie noch Ärger kriegt, weil der Rauchertisch nicht sauber ist. Das Latte-Macchiato-Pärchen ist nicht auf seinen Plätzen. Er marschiert draußen auf und ab, das Handy am Ohr, die andere Hand fuchtelt herum, sie ist wahrscheinlich auf dem Klo. Ich blicke mich verstohlen um. Das Barmädchen serviert dem Proll sein drittes Bier, der Proll checkt sein Smartphone, der Laptopmensch starrt und tippt, die Strickerinnen zählen Maschen, der Barkeeper schneidet Obst für einen Cocktail. Ich bin ohnehin ein Typ, den kaum jemand beachtet, graues Haar, grauer Anzug, und im Moment scheinen alle beschäftigt zu sein. Kurzerhand fülle ich die zwei halbvollen Kaffeegetränke mit der Kippenbrühe auf. Vielleicht wird dem Latte-macchiato-Pärchen jetzt die Lust auf das Gesöff endgültig vergehen.

Ich beobachte die beiden aus dem Augenwinkel, als sie wieder da sind. Er merkt offenbar gar nichts oder lässt sich jedenfalls nichts anmerken. Sie verzieht ein wenig das Podengesicht, schüttet noch etwas Zucker in ihr Glas und klappert mit dem Löffel darin herum. Aber sie trinken aus. Heiliges Kanonenrohr, was für Geschmacksnerven müssen diese Leute haben?

Die Lektion scheint dennoch gewirkt zu haben, er bestellt danach ein Bier, sie einen Weißwein. Na also, geht doch!

Ich grinse vor mich hin und bestelle noch einen Whisky, obwohl es jetzt schon nach zehn ist und meine Gattin sicher etwas verschnupft sein wird, wenn ich so spät nach Hause komme. Egal, muss eben wieder mal Griechenland als Ausrede herhalten. Ich möchte sehen, ob den beiden nicht vielleicht doch ein wenig schlecht wird. Neulich kam im Deutschlandradio eine Sendung über Vergiftungen. Es wurde behauptet, das Nikotin einer aufgelösten Zigarette könne einen Menschen töten. Offenbar haben die Journalisten übertrieben.

Kurz nach halb elf geschehen zwei Dinge fast gleichzeitig. Die Podencofrau klappt plötzlich zusammen wie ein Liegestuhl und kippt vom Barhocker. Im Nu ist sie umringt von besorgten, hilfsbereiten Menschen.

»Ist hier ein Arzt?«, schreit jemand.

»Wir sind Veterinäre«, sagt der Mann, der mit seiner Begleiterin am Nachbartisch des Scheitelträgers mit dem Laptop sitzt und Rotwein trinkt. *Passt ja*, denke ich.

Auch die Strickerinnen sind aufgesprungen. »Ich bin Pflegedienstleiterin«, piepst die eine und beugt sich zusammen mit dem Veterinär über Frau Latte, die sich am Boden krümmt wie ein Aal auf dem Trockenen.

Der Ausdruck in ihrem Gesicht erinnert mich ein bisschen an den Gruselschocker *Der Exorzist*. Ein Klassiker, genau wie ich.

Dann gehen die Lichter aus. Alle. Auch die Kontrollleuchte an der Kaffeemaschine. Der Bildschirm an der Kasse ist schwarz. Nur die Kerzen auf den Tischen brennen noch und der weiße Apfel auf dem Deckel des Laptops leuchtet heller denn je.

»Ey, was'n jetzt los?«, brüllt der Proll.

Irgendjemand ist zur Tür gestürzt und ruft: »Alles dunkel. Die ganze Stadt!«

Das ist wahr. Die Oper ist dunkel, das Türmchen der *Deutschen Bank* wird nicht mehr angeleuchtet, die Straßenlaternen sind erloschen. In keinem Fenster brennt mehr Licht, nirgends. Nur ein paar Autoscheinwerfer geistern noch durch die Nacht.

»Stromausfall!«, stellt irgendein Schlaumeier fest.

»Das haben sie jetzt von ihrer Energiewende!«, meint ein anderer.

Die Podencofrau röchelt. Der Barkeeper versucht, einen Krankenwagen zu rufen, aber anscheinend ist auch das Mobilfunknetz gestört und ebenso der Internetempfang. Vom Laptopmann hört man jedenfalls einen deftigen Fluch.

Draußen heulen die ersten Polizeisirenen auf. Das Barmädchen kramt nach noch mehr Kerzen. Ich stehe auf, um zu sehen, wie es dem Ökospießer geht, der gerade vom Hocker geglitten ist. Er fängt nämlich plötzlich ebenfalls an, sich in Krämpfen zu winden.

»Ich muss mal …«, hört man ihn keuchen.

Kein guter Augenblick dafür, finde ich, aber anscheinend duldet die Sache keinen Aufschub. Schon macht er sich an den Abstieg, tastet sich die dunkle steile Treppe hinab zu den Toiletten. Die Veterinäre machen abwechselnd Wiederbelebungsversuche bei der Windhundfrau. Der Barkeeper hat endlich den Notruf dran. Ein Teil der Gäste beobachtet diese Aktivitäten, der Rest steht vor der Tür und beobachtet den Stromausfall.

Jetzt oder nie! Ich schleiche mich im Schutz der Dunkelheit an den Laptopmann heran. Er sitzt ganz allein in seiner Ecke und malträtiert verärgert die Tastatur. Wie aus Versehen stoße ich seine Kerze um. Während er noch schimpft, weil Wachs auf den Bildschirm gespritzt ist, puste ich auch die Kerze vom Nebentisch aus. Dann lege ich ihm die Rundstricknadel, die ich im Vorbeigehen aus einer der liegen gebliebenen Handarbeiten gezogen habe, um den Hals und drücke zu. Es ist das Prinzip der Garotte, eines im Mittelalter und bei manchen Geheimdiensten bis heute beliebten Instruments zum raschen, lautlosen Töten. Der Laptopmann zappelt herum und greift sich an den Hals, aber ich lasse nicht locker, bis er sich nicht mehr bewegt.

Deckel zu, der Apfel erlischt. Warum denn nicht gleich?

Ich taste mich im Halbdunkel der Kerzen zurück an meinen Platz an der Theke. Die Stricknadel wische ich sorgfältig ab, dann gleitet sie wieder zurück ins Handarbeitskörbchen.

Draußen rast ein Polizeifahrzeug vorbei, ganz kurz zuckt der Schein des Blaulichts durch die Bar und der Lärm der Sirene lässt alle zusammenfahren. Ich bemerke bei dieser Gelegenheit die Flasche *Lagavulin,* die neben meinem Glas steht. Stimmt, ich war ja gerade dabei, mir noch einen zu bestellen, als das ganze Theater anfing. Da im Moment ohnehin Anarchie herrscht, schenke ich mir selbst großzügig ein.

»Ich geh mal runter und schau, was Ihr Freund macht«, höre ich die Stimme des Prolls. Im Flackerlicht einer Kerze, die er mit der Hand abschirmt, verschwindet er im Abgang zu den Toiletten. Ich folge ihm, die Flasche Whisky in der Hand. Die Treppe ist eng und wirklich sehr steil. Auf halber Strecke ziehe ich ihm die Flasche mit Schmackes über den gegelten Schädel. Zum Glück ist sie massiv und geht nicht kaputt. Wie ein Sack Kohlen poltert er die Stufen hinab. Die Kerze verlischt. Ich horche in die Dunkelheit. Nein, er steht offenbar nicht wieder auf. Nur aus Richtung Herrenklo hört man wüste Geräusche, Herr Latte reihert sich wohl gerade die Seele aus dem Leib. Das ist mir zu unappetitlich, also kehre ich um und stelle die Flasche wieder auf die Theke zurück.

Auf der Straße hält jetzt eine Ambulanz, zwei Notärzte kommen herein. Der Lichtkegel einer Taschenlampe erfasst mich kurz, aber da sitze ich schon wieder ganz grau und unauffällig vor meinem *Lagavulin*. Die Podencofrau wird aus der Bar getragen. Es sieht nicht gut für sie aus. Strom gibt es immer noch nicht. Der Schrei des Barmädchens fällt zusammen mit der Sirene der Ambulanz, die draußen losfährt, und signalisiert mir, dass nun auch der Laptopklapperer entdeckt worden ist.

Ich nutze das nun entstehende Chaos, um mit dem Obstschneidemesser Sabotage am Werk der Strickerinnen zu üben. Hoffentlich kommt die Botschaft an, sonst muss ich andere Saiten aufziehen. Dann rufe ich dem Barkeeper zu, dass ich das nächste Mal zahle, denn die Kasse funktioniert ja ohnehin nicht. Aber der Mann hat andere Sorgen. Gerade kommt der Kumpel des Prolls die Klotreppe herauf und brabbelt etwas von zwei Leichen auf dem Lokus. Allmählich wird es mir definitiv zu unruhig im *Oscar's*. Ich verlasse die Lokalität und gehe durch die dunkle Stadt Richtung Bahnhof. Ich will versuchen, ein Taxi zu ergattern, denn wer weiß, ob die Straßenbahn fährt. Überall heulen jetzt Sirenen. Bestimmt plündern irgendwelche finsteren Elemente die ersten Geschäfte. Unmöglich, manche Leute.

Ein paar Tage später sitze ich wieder im *Oscar's.* Es ist angenehm. Keine Kaffeemaschine lärmt, keine Tastatur klackert, kein Proll prollt, niemand strickt. Ich kann diese Bar wirklich nur wärmstens empfehlen. Aber bitte – benehmen Sie sich!

* *Kurz nach 22:30 Uhr gingen am 13.7.2011 in Hannover und in benachbarten Städten die Lichter aus. Eine defekte Kupplungsstelle ins Hochspannungsnetz in der Nähe des Kraftwerks Mehrum ließ die Versorgung im gesamten Netzgebiet der Stadtwerke Hannover zusammenbrechen. Bei der Feuerwehr gingen zwischen 22.35 und 2 Uhr insgesamt 785 Notrufe ein – 75 führten zu Einsätzen. Gegen Mitternacht waren 70 Prozent der Stadt wieder am Netz. Um 0:15 Uhr waren Hannover und die betroffenen Orte in der Region wieder mit Strom versorgt.* (HAZ v. 14.7.2001)

Schall und Rauch

Elvira hat schon bessere Tage – und vor allen Dingen Nächte – gesehen, aber ihr Dekolleté ist noch immer eine Wucht. Wie ein fleischiges Herz schwebt es über dem Empfangstresen des *Casanova*. Sie hat Jupp schon erwartet, und jetzt führt sie ihn in den »Salon«, wo er sich neben sie auf ein rotes Plüschsofa setzen darf. Es fällt ihm ein bisschen schwer, sich auf das Gespräch zu konzentrieren, weil immer wieder leicht bekleidete Damen vorbeihuschen. Eine schnalzt mit der Zunge und kichert: »Ah, Frischfleisch.« Meint sie ihn? Klar, sonst ist ja keiner da, und der Jupp ist gerade mal der Jugendfeuerwehr entwachsen. Frischfleisch, aber so was von! Damit kein falscher Eindruck entsteht: Der Jupp ist dienstlich hier, im Zuge seiner kleinen Nebenerwerbstätigkeit. Wohin er denn am Sonntagmorgen so eilig wolle, hat ihn die Oma vorhin gefragt. Er hat etwas von einem Kumpel von der Feuerwehr gemurmelt und sich rasch aus dem Staub gemacht. Hätte er ihr sein Ziel genannt, hätte er sich anhören müssen, was sie von Prostitution hält, nämlich gar nichts, aber dieses Nichts zu erläutern hätte bestimmt eine Stunde in Anspruch genommen. Und ihren Twingo hätte sie ihm bestimmt auch nicht geliehen, um in den Puff zu fahren, selbst wenn es sich um eine Dienstfahrt handelt.

So ganz wohl ist ihm ja wirklich nicht, auch wenn Elvira trotz der vielen Schminke im Gesicht etwas Mütterliches ausstrahlt. Aus dem oberen Stockwerk dringen seltsame Geräusche. Ein Jammern und Stöhnen, dazwischen gibt eine Frauenstimme Befehle auf Russisch, und manchmal knallt es.

Der Jupp kann sich schon denken, was da vorgeht, denn auch bei der Feuerwehr ist *Fifty Shades of Grey* herumgegangen. Der Kalle hat sich extra dafür einen Ebook-Reader gekauft, aber seine Petra hat es trotzdem mitgekriegt, und ihn zur Sau gemacht wegen des rausgeschmissenen Geldes, weil sie das Buch nämlich schon in ihrem Nachttisch liegen hatte. Und der Karl-Heinz hat erzählt, er würde seiner Else auch ab und zu eine kleben, aber die sei davon noch nie wuschig geworden, im Gegenteil. Dann müsse er sie eben dazu auch noch fesseln, hat der Ortsbrandmeister gemeint.

An lauter so Sachen muss der Jupp jetzt denken, während Elvira ihm gerade erzählt, sie habe zuerst sparen wollen und ein paar Rauchmelder im Baumarkt gekauft, aber dann habe bei der Weihnachtsfeier einer Skatrunde ein Vorhang Feuer gefangen, und das Ding sei nicht losgegangen, weil eine der Damen nämlich die Batterie herausgenommen hatte.

»Warum denn das?«, will der Jupp wissen.

»Die brauchte sie für ihren ... Massagestab. Die ganze Bude hätte abbrennen können!« Elviras Busen wogt bei dem Gedanken so wild auf und ab, dass dem Jupp ganz anders wird. Aber er besinnt sich aufs Geschäft, öffnet seinen Musterkoffer und erklärt, seine Rauchmelder besäßen einen Akku, der gar nicht in einen »Massagestab« passen würde.

Die Geräte mit den aufgedruckten Bildchen gefallen Elvira besonders gut. Es gibt Herzen, Sternchen und einen Engel mit einer Posaune. Ob es auch andere Motive gibt, die besser zum Ambiente passen würden? Ein Teufel vielleicht? Oder was aus dem Kamasutra?

Das wäre dann aber eine Sonderanfertigung, meint der Jupp, aber vielleicht fänden andere ... äh, Häuser, ja auch Gefallen an so etwas. Er rechnet vor: »Das wären dann achtzehn für die Zimmer plus der Salon und dann noch die Flure ...«

»Wieso achtzehn für die Zimmer?«, fragt die Chefin lauernd.

Da stünden doch Betten drin. Und in Schlafräume gehörten nun mal Rauchmelder, so laute die Vorschrift.

Allerdings stünden da Betten. Darin werde aber nicht geschlafen, widerspricht Elvira energisch, aber weiter kommt sie nicht, denn da geschehen zwei Dinge gleichzeitig: Es ertönt ein lauter, schriller Warnton, weil Elvira an dem Vorführmodell herumgespielt hat, und eine Gestalt poltert die Treppe hinunter, reißt sich eine Stoffmaske von den Augen und schreit: »Schnell, kommen, schnell!«

Der Jupp stellt den Lärm ab. Elvira sagt zu Natascha, die in einem hautengen schwarzen Latexanzug steckt, sie solle sich gefälligst beruhigen, das sei bloß ein Test gewesen.

»Nein, nein! Kommen! Sklave tot! Aber ich nix gewesen! Ich nix gemacht, nur was immer machen.«

Alle drei rennen die Treppe hinauf. Im hintersten Zimmer liegt einer splitterfasernackt und gefesselt auf einem Bett. Sein Mund steht offen.

Ganz schlechtes Zeichen, erkennt der Jupp und schaut ein wenig genauer hin. »Heiliger Strohsack, das ist doch der Franz Heimeier, unser Altbürgermeister!«

Natascha schreit schon wieder: »Ich nix gemacht. Sklave machen chrrrr, drehen Augen nach oben und ist sich mausetot!«

Seit seinem zehnten Lebensjahr ist der Jupp bei der Feuerwehr und daher geübt in Erster Hilfe. Doch auch er kann Nataschas Eindruck nur bestätigen. »Der Franz ist hinüber, der macht keinen Muckser mehr. Vielleicht ein Herzinfarkt?«

Das sei ja nun ganz schlecht fürs Geschäft, stöhnt Elvira.

Der Jupp dagegen denkt an die arme Hilde Heimeier. Die war immer nett zu ihm, besonders nach dem Tod seiner Eltern. Außerdem bekommen er und die Oma jedes Jahr Erdbeermarmelade von ihr geschenkt. Wenn erst im Dorf herumgeht, dass ihr Franz im Puff gestorben ist, ans Bett gebunden mit Handschellen aus rosa Plüsch, das gibt ein Gespött, das hört jahrelang nicht mehr auf.

»Ich hätte da eine Idee …«

»Lass hören«, fordert Elvira.

Sechs Mitglieder der Feuerwehr tragen den Sarg des Altbürgermeisters zur Grabstätte, so will es der Brauch. Es ist eine riesige Beerdigung, die kleine Kirche war proppenvoll. Der Jupp hat sich sogar einen neuen Anzug gekauft, nachdem er das *Casanova* mit vierundzwanzig Rauchmeldern und fünf neuen Feuerlöschern ausgestattet und dafür eine nette Provision kassiert hat.

»Ach, Jupp, mein Junge, das versteh' einer«, sagt Hilde Heimeier kopfschüttelnd, als Jupp ihr kondoliert.

Der Jupp nickt betrübt. »Wo der Franz doch beim Mai-Singen noch putzmunter war und alle unter den Tisch gesoffen hat.«

»Das meine ich nicht«, antwortet die Hilde, »sondern dass man ihn in seinem Benz auf dem Parkplatz vom Friedhof gefunden hat. Vom *Friedhof*! Und ich hab immer geglaubt, dass der heimlich in den Puff geht, wenn ich in der Messe bin.«

Die geheime Pilzstelle

Halb vier am Morgen. Die Dämmerung konnte man allenfalls erahnen, aber der Mond schien silbern auf den kleinen Wanderparkplatz. Noch war es still, kein Vogel muckste sich, nicht einmal ein Käuzchen schrie.

Ein alter Mercedes näherte sich mit rasselndem Dieselmotor. Ganz kurz schnitten die Scheinwerfer ins Dunkel des nahen Waldes, dann hielt der Wagen an, der Motor wurde gedrosselt und das Licht erlosch. Die Fahrertür wurde aufgestoßen und ein Mann von bulliger Statur stieg aus, ging um den Wagen herum und öffnete die Beifahrertür.

»Aussteigen. Aber der Sack bleibt auf dem Kopf.«

Der andere – ebenfalls von kräftiger Statur – kam der Aufforderung nach. Ein saftiger Fluch drang unter der überdimensionalen Papiertüte hervor, die Haupt und Schultern bedeckte. Die Aufschrift *deuka Körner extra für Legehennen* stand nun, im wahrsten Sinn des Wortes, auf dem Kopf.

»Herr im Himmel! Bitte, hab Erbarmen. Ich schwöre dir …!«

»Ist mir egal, was du schwörst, der Sack bleibt drauf.«

Der Fahrer nahm einen kleinen Rucksack aus dem Kofferraum, schloss den Benz umständlich von Hand ab und packte dann den Mann mit dem übergestülpten Papiersack am Oberarm. Mit einer Taschenlampe leuchtete er auf den Weg, der vom Parkplatz in den Wald führte, und zerrte den

Vermummten, der des Öfteren stolperte und noch öfter fluchte, immer tiefer in den Wald hinein.

Der andere schien dagegen gut gelaunt zu sein.

»Ging die Ilse Pilze pflücken
musste sie sich ganz tief bücken
jetzt stillt se
scheiß Pilze«

»Jetzt wird der Kerl auch noch poetisch«, maulte es unter der Futtertüte. »Mir reicht's, ich nehme jetzt den stinkigen Sack vom Kopf, bevor ich noch ersticke oder mir den Hals breche.«

»Nichts da!«

Schweigend und langsam bewegten sich die zwei Gestalten eine Weile lang voran, bis es schließlich hieß: »Du kannst den Sack jetzt runter nehmen.«

Leicht schütteres graubraunes Haar und ein mürrisches Antlitz kamen zum Vorschein, graue Augen blinzelten unter dichten Brauen heraus ins Mondlicht.

»Da geht's lang.« Der Strahl der Lampe zeigte zwischen zwei Buchenstämmen in den Wald hinein.

Sie schlugen sich durch Wildwuchs einen steilen Hang hinauf, bis zu einer bestimmten Stelle.

»Wir sind da.«

»Stimmt. Ich kann sie schon riechen.«

»Sag ich doch.« Der Mercedesfahrer griff in seinen Rucksack, breitete eine Plastikfolie auf dem Boden aus und legte den Futtersack darauf. Schwerfällig ächzend ließen sich die beiden Männer darauf nieder.

»Mir ist noch immer schlecht! Mir wird immer schlecht, wenn ich beim Autofahren nichts sehe.«

»Ich bin doch gefahren.«

»Sehr witzig! Eins sag ich dir, Jens, wenn diese Aktion für'n Arsch war ...«

»Dann teilen wir uns die Pilze. Aber nur dieses eine Mal.«

»Wie nobel von dir!«

»Ich weiß gar nicht, was du hast. Ist doch nett hier. Direkt romantisch, mit dem Mondlicht und so.«

»Vor allen Dingen mit dir.«

Zwei Flaschen Herrenhäuser wurden aus dem Rucksack hervorgezaubert und mit einem Schlüsselanhänger geöffnet.

»Du denkst wirklich an alles!«, seufzte der vom Sack Befreite und nahm einen großen Schluck, während der andere fragte: »Hast du gewusst, dass Pilze eigentlich gar keine Pflanzen sind, sondern eine ganz eigene biologische Art?«

»Mhm.«

»Was wir Pilze nennen, sind Früchte eines großen, weit verzweigten, im Boden lebenden Gewächses, das seine Früchte nur zur Verbreitung der Sporen über den Erdboden rausstreckt.«

»Ein lebendes Gewächs, ja? Und wir sitzen gerade drauf.«

»Genau. Angeblich soll das größte Lebewesen der Welt ein riesiger, kilometergroßer Pilz sein.«

»Das ist gruselig.«

»Was bist du nur für eine Memme! Und so was will Kommissar sein!«

»Hauptkommissar. So viel Zeit muss sein.«

»Hast du deine Waffe dabei?«

»Natürlich!«

»Ist beruhigend. Ich meine, seit es in unseren Wäldern von Wölfen nur so wimmelt …«

»Du übertreibst.«

»Aber nur ein bisschen. Andauernd werden welche gesehen.«

»Könnten wir das Thema wechseln?«

»In Bayern essen sie die Steinpilze mit Semmelknödeln …«

»Schluss damit, ich krieg einen Sauhunger!«

»Mann, bist du heute schwierig!«

Die beiden tranken weiter lauwarmes Herrenhäuser und schwiegen. Ab und zu raschelte es im Gebüsch und hin und wieder schrie ein Nachtvogel. Doch plötzlich stieß der eine den anderen mit dem Ellbogen an. Beide Köpfe wandten sich in eine Richtung. Da war ein Licht, das sich durch den Wald bewegte.

»Das ist er! Ich hab's dir doch gesagt! Einen solchen Pilzplatz wie den hier …«

»Still jetzt!« Völxens rechte Hand legte sich um den Pistolenknauf in seiner Jacke, während ihn jenes typische Jagdfieber erfasste, das er immer kurz vor einem Einsatz verspürte. Allerdings war dies vermutlich der kurioseste seiner gesamten Laufbahn. *Wenn das mal gut geht.*

Zwei Tage zuvor …

Hauptkommissar Bodo Völxen und sein Hund standen am Zaun der Schafweide und betrachteten wie jeden Morgen die fünf Schafe, die sich unter dem Apfelbaum zusammengerottet hatten, und auf jene stoische Art, wie nur Schafe es können, zu ihnen hinüberblickten. Etwas war anders als gewöhnlich: Völxen trug Wanderkleidung und festes Schuhwerk, anstatt, wie sonst üblich, seinen alten gestreiften Bademantel zu Gummistiefeln. Und beide, Herr und Hund, waren in keiner guten Stimmung, was man ihnen auch ansah: Zwischen Völxens buschige Brauen hatten sich zwei tiefe Falten gegraben, und Oscars Ohren standen auf Halbmast. Gerade hatte er sich von seinem Herrn vorwerfen lassen müssen, dass er als Steinpilzhund absolut nichts taugte. Zwar hatte er den Inhalt der Worte nicht verstanden, aber mit der allen Hunden eigenen Sensibilität für atmosphärische Störungen spürte Oscar, dass dicke Luft herrschte, und wagte es deshalb nicht, seinem gewohnten Morgenvergnügen zu frönen, und den Schafbock Amadeus ein wenig über die Weide zu scheuchen.

Das Ganze hatte mit einer spitzen Bemerkung von Sabine Völxen begonnen. Wie wäre es, hatte sie kürzlich gemeint, wenn Völxen bei seinen Nordic-Walking-Touren durch den Deister die Augen offen hielte und mal ein paar Steinpilze mitbrächte?

Völxen, leicht indigniert, hatte seiner Gattin erläutert, dass seine sportlichen Anstrengungen auf gar keinen Fall mit gemütlichem Pilzesuchen vereinbar sei, aber gleichzeitig seine Bereitschaft signalisiert, die Stöcke hinzuwerfen und sie gegen Korb und Pilzmesser einzutauschen. Er hatte sich ein Pilzbestimmungsbüchlein im Westentaschenformat besorgt und vorsorglich schon mal einen Pilzputzpinsel – was für ein Wort! – gekauft. Nachdem er dann sicher war, den Steinpilz vom gemeinen Gallenröhrling unterscheiden zu können, war Völxen jeden Morgen kurz nach Sonnenaufgang und noch vor Dienstbeginn zusammen mit Oscar durch die Wälder gestreift. Hatte dabei von Hirschrücken mit Steinpilzen geträumt, von Steinpilzsuppe und mit Steinpilzen gefüllten Ravioli ... Allerdings waren das bis jetzt Träume geblieben. Die Steinpilze schienen sich geradewegs vor ihm zu verstecken. Doch allzu frühes Aufgeben lag nicht in der Natur des Hauptkommissars. Im Gegenteil, er hatte einen Plan B entwickelt. Die Trüffelhunde, die er und Sabine bei ihrem letzten Italienurlaub gesehen hatten, hatten ihn auf die Idee gebracht. Dies und das köstliche *Risotto con funghi porcini*, das Kaninchen mit Pilzragout und die Tagliatelle mit Steinpilzen ... Wieder zu Hause hatte Völxen mit einem der Hundeführer der Polizeidirektion Hannover gesprochen. Im Grunde, so der Experte, könne man Hunde mit ihrem genialen Geruchssinn auf alles nur Erdenkliche konditionieren: Rauschgift, Geld, Zigaretten, Leichen ... Warum also nicht auch auf Pilze im Allgemeinen oder Steinpilze im Besonderen? Alles eine Frage des Trainings. Und tatsächlich: Oscar schien rasch zu kapieren, was man von ihm verlangte. Er fand und verbellte jeden Steinpilz, den Völxen im Garten zu Übungszwecken versteckt hatte – nachdem er ihn zuvor für teures Geld in der Markthalle hatte kaufen müssen. Für jeden aufgespürten Pilz bekam Oscar ein Pansenleckerli. So weit, so gut.

Nachdem Oscar seine Ausbildung zum Steinpilzhund durchlaufen hatte, ging es in den nahen Deister. Alle Welt schien in jenem bewaldeten Mittelgebirgsrücken Pilze zu finden, besonders in diesem feuchtwarmen August. »So ein gutes Pilzjahr hatten wir schon lange nicht mehr.« Diesen Satz hörte Völxen zurzeit ständig.

Einzig Oscar und sein Herrchen hatten noch nicht einen essbaren Pilz mit nach Hause gebracht. Und auch wenn Sabine nichts sagte, so spürte Völxen doch deutlich, wie er täglich ein bisschen mehr in der Achtung seiner Gattin sank. Er hatte sogar – Schande über sein Haupt – schon darüber nachgedacht, ein Pfund Steinpilze in der Markthalle in Hannover zu kaufen, und sie am nächsten Morgen als Fund zu präsentieren. Aber dies wäre wirklich das allerletzte Mittel, und noch hatte er die Hoffnung nicht ganz aufgegeben.

»Moin, Herr Kommissar!«

Völxen seufzte. Der Hühnerbaron hatte ihm jetzt gerade noch gefehlt, um in der offenen Wunde herumzustochern. Schon stellte Köpcke die Eimer mit dem Futter hin und kam in seiner blauen Latzhose um den Zaun der Schafweide herum auf ihn zugeschlendert, wobei er schon von weitem die höchst überflüssige Frage stellte, ob Völxen wieder in den Pilzen gewesen sei.

Völxen wies mit grimmiger Miene auf den leeren Pilzkorb, woraufhin sich auf Jens Köpckes Mondgesicht ein mitleidig-aufmunterndes Lächeln breitmachte. Seine Gedanken waren ihm praktisch auf die Stirn geschrieben: *Typisch Städter! Stolpert wahrscheinlich blind durch den Wald.*

Dieselbe Szene hatte sich schon tags zuvor abgespielt, nur hatte Köpcke ihm obendrein mit gönnerhafter Geste eine braune Papiertüte gereicht. »Wir müssen Sabine ja nicht sagen, dass sie von mir sind.«

Ein gutes Pfund prächtiger Steinpilze war darin gewesen, die ihren unverkennbaren Duft verströmt hatten. Wenn Köpcke bereit war, so viele davon abzugeben, dann musste er geradezu Unmengen davon gefunden haben. Wenn man nur wüsste ...

»Wo ...?«

»Ich verweigere die Aussage«, hatte Köpcke gegrinst. »Eher lasse ich mich foltern, als dass ich dir oder sonst wem meine Pilzstellen verrate.«

Auch dieser Satz war dem Hauptkommissar nicht fremd, und am liebsten hätte er dem Nachbarn gesagt, was er ihn mal könne. Aber der meinte es ja bestimmt nur gut. Blamiert bis auf die Knochen hatte Völxen die Tüte in seinen Pilzkorb gelegt und sich obendrein gezwungen gesehen, ein Dankeschön zwischen den Lippen hervorzupressen, wobei er gedacht hatte: *Ich sollte ihn beschatten lassen!*

Aber heute blieb Völxen die Demütigung erspart. Der Hühnerbaron hatte lediglich drei frische, noch legewarme Eier in seinen Pranken, die er nun kommentarlos in den leeren Korb legte. Nachdem Völxen sich bedankt hatte, sagte der Nachbar ohne Umschweife: »Der Fritz ist abgehauen.«

»Hä?« Wer war Fritz? Einer von Jens Köpckes Hähnen?

»Unser Fritz, vom Männergesangsverein. Fritz Bartels. Der ist gestern abgehauen ...«

»Wie, *abgehauen*?«, unterbrach Völxen seinen Nachbarn.

»Na, aus'm Knast. Bei einem Freigang hat er sich verdünnisiert. Sag mal, was bist du denn für ein Polizist, wenn *ich* dir das erzählen muss!«

»Ich habe seit drei Tagen Urlaub und bin noch nicht zum Zeitunglesen gekommen.«

Unser Fritz. Ja, Fritz Bartels war einer der ihren gewesen: Mitglied bei der freiwilligen Feuerwehr, Trainer der Altherrenmannschaft und einer der besseren Sänger des landkreisweit gefürchteten Männergesangsvereins. Ein waschechter Ureinwohner sozusagen – im Gegensatz zu Völxen, der zwar seit einem Vierteljahrhundert neben Köpckes Gutshof in einem umgebauten Hof lebte, aber trotzdem immer noch als »Städter« galt.

Fritz Bartels, erinnerte sich Völxen, hatte vor sechs Jahren ein Verbrechen begangen: schwerer Raub mit Todesfolge. Er war, was niemand gewusst hatte, spielsüchtig gewesen, und als ihm die Schulden über den Kopf gewachsen waren, hatte er zusammen mit einem Komplizen einen Juwelierladen überfallen. Sie hatten lediglich echt wirkende Spielzeugpistolen benutzt, aber der Juwelier, ein älterer Herr, hatte sich so erschreckt, dass er noch während des Überfalls zusammengebrochen und an einem Herzinfarkt verstorben war. Bartels wurde wenige Tage später an der Schweizer Grenze gefasst und war seither ein Schandfleck auf der ansonsten leidlich weißen Weste der 250-Seelen-Gemeinde. Seine Frau, die bedauernswerte Uschi, war vor Scham weggezogen.

Zehn Jahre Haft. So hatte das harsche Urteil gelautet. Es war ein Denkzettel dafür, dass Bartels bei den Verhören und vor Gericht eisern geschwiegen hatte und man bis heute nicht wusste, wer sein Komplize gewesen war und wo sich die Beute im Wert von einer guten Million befand. Zuweilen wurden Befürchtungen laut – oder vielmehr leise hinter vorgehaltener Hand geäußert – dass womöglich auch der Komplize einer aus dem Dorf sein könnte. Jemand, mit dem man nach wie vor täglich verkehrte, und von dessen krimineller Energie man nichts ahnte. Der Keim des Misstrauens war gesät. Wann immer sich jemand einen neuen Wagen kaufte oder einen Wintergarten anbauen ließ, sann man darüber nach, ob demjenigen so ein Verbrechen zuzutrauen war. »Von Fritze hätte ich das ja auch nie gedacht …«, lautete dann jedes Mal das Resümee, und alle nickten betroffen.

Sechs Jahre war der Prozess nun her, und wie es den Anschein hatte, wollte Bartels sich um die restlichen vier Jahre seiner Strafe drücken.

Außerdem ist mein Dezernat für Tötungsdelikte zuständig, und nicht für entwichene Strafgefangene, antwortete Völxen im Geist. Aber er verkniff es sich, es auszusprechen, denn er wusste genau, dass dieses Argument bei Köpcke und dem Rest der Dorfbewohner nicht zog. Bartels war einer vom Dorf, und Völxen – Städter hin oder her – war ihr Kommissar, der zwar in Hannover arbeitete, aber hier wohnte. Also war er zuständig, basta.

Köpcke war ernst geworden, was man daran erkannte, dass er sich dort kratzte, wo bei anderen Menschen für gewöhnlich der Hals saß. »Ich muss dir was gestehen, Kommissar.«

»Jens!« Völxen fuhr erschrocken herum. Der Hühnerbaron war ein veritables Schlitzohr, das war klar. Aber ein Raubüberfall? Warum? Sein Geschäft lief doch gut, oder? Hatte er nicht erst im Frühjahr den neuen Hühnerstall gebaut?

Und woher hat er das Geld dafür?, fragte ein kleiner Teufel auf Völxens Schulter.

»Jetzt guck nicht wie die Kuh, wenn's donnert! Du denkst doch nicht etwa …?« Köpcke blickte den Kommissar finster an.

»Natürlich nicht. Also, was wolltest du mir gestehen?«

»Gestern Abend war ich wieder an meinem Super-Pilzplatz. Und es war kein einziger Pilz da. Alle fachgerecht herausgedreht und die Löcher wieder zugestopft, wie es sich gehört.«

»Tja, da war wohl jemand schneller«, sagte Völxen und konnte sich dabei einer gewissen Schadenfreude nicht erwehren. *Kannst mal sehen, wie es mir immer geht ...*

»Mag sein«, sagte Köpcke. »Und ich glaube, ich weiß auch, wer das war.«

»Spuck's aus, ehe ich hier Wurzeln schlage.«

»Der Fritz Bartels.«

»Klar. Der entkommt dem Knast und hat nichts Besseres zu tun, als in die Pilze zu gehen«, höhnte Völxen.

»Das verstehst du nicht. Du bist ja ein ... na, lassen wir das. Der Bartels war jedenfalls ein fanatischer Pilzsammler. Wirklich fanatisch«, wiederholte Köpcke. »Er hatte seinen geheimen Platz, und da holte er massenhaft Steinpilze raus. Wunderbare Exemplare. Das hat mich seinerzeit mordmäßig gewurmt. Eines Tages bin ich ihm nachgeschlichen ...«

»Schäm dich, Jens Köpcke!«

»Ja, das tu ich. Aber im Nachhinein war's doch gut, denn das war im Sommer vor dem Überfall. Die Pilze hätte ja sonst in den nächsten Jahren keiner geholt. Und ich schwör dir, Völxen, von dieser Stelle sind während der letzten sechs Jahre nie Pilze weggekommen, nicht ein einziges Mal. Bis auf gestern. Ich dachte ja auch erst, Scheiße, jetzt hat irgend so ein Arsch meine Superstelle entdeckt. Und dann lese ich heut früh die Zeitung ...«

Beide schwiegen eine Weile, bis der Hauptkommissar fragte: »Wie lange braucht es, bis die wieder nachwachsen?«

»Zwei Tage, bei dem Wetter ...«

Zwei Tage später …

Das Licht kam immer näher, und schließlich wurde auch die Gestalt im Mondschein sichtbar. Kein Zweifel, das war Bartels. Er hatte einen Beutel dabei und seltsamerweise einen Spaten.

Völxen und Köpcke duckten sich hinter eine Gruppe hoher Farne und hielten den Atem an. Bartels war jetzt nur noch knappe zehn Meter von ihnen entfernt. Er lehnte den Spaten an einen Baumstamm. Er musste nagelneu sein, das Blatt reflektierte das Mondlicht. Der Lichtschein irrte im Zickzack über den Boden, während Bartels die Steinpilze erntete und Jens Köpcke mit den Zähnen knirschte. Er warf Völxen einen fragenden Blick zu und deutete mit einer kleinen Kopfbewegung auf Bartels. *Greif ihn dir doch endlich!*, schien er sagen zu wollen.

Aber Völxen wartete, denn da war noch eine Frage zu klären: Wozu der Spaten?

Jetzt legte der Mann die Taschenlampe so hin, dass sie gegen einen Baumstamm leuchtete, ergriff den Spaten und begann an der beleuchteten Stelle zu buddeln. Auch Köpcke schien nun zu kapieren, was da vorging, denn er riss die Augen weit auf und presste sich die Hand vor den Mund. Sein alter Vereinskamerad Fritz Bartels erntete heute Nacht nicht nur Pilze.

In unbequemer Haltung kauerten Vöxen und der Hühnerbaron im Grün und lauschten dem angestrengten Atem des Gräbers und dem dumpfen Geräusch, mit dem der Spaten wieder und wieder in den weichen Waldboden drang. Ein Waldkauz schrie, und dann war da ein Knacken. Es hörte sich an, als wäre jemand in einiger Entfernung auf einen trockenen Ast getreten. Ein Tier? Wildschwein? Wolf? Völxen spürte, wie ihm der Schweiß ausbrach. Wälder bei Nacht waren seine Sache nicht. Auch Bartels hatte es gehört, er hörte auf zu graben und lauschte. Aber als alles still blieb, machte er weiter. Plötzlich flammte ein Licht auf. Ein zweiter Mann betrat die Szene und richtete den Strahl einer Taschenlampe und gleichzeitig den Lauf einer Pistole auf Bartels.

»Da komm ich ja gerade recht, Fritz!«

Bartels, der gerade eine Schaufel Erde auf dem Spatenblatt hatte, wirbelte herum und schleuderte dem Mann hinter sich den Dreck ins Gesicht. Ein Schuss krachte durch die Nacht, Völxen sah das Mündungsfeuer. Bartels schrie auf, krümmte sich vor Schmerz und ging zu Boden. Der andere entwand ihm den Spaten. Ohne den Verletzten zu beachten, stocherte er damit in dem bereits gegrabenen Loch herum und zog einen erdverschmierten Plastikbeutel hervor.

»Das hast du toll hingekriegt, Fritz. Ich dachte schon, ich müsste noch vier Jahre auf die zweite Hälfte warten.«

»POLIZEI! Die Waffe runter und die Hände hinter den Kopf!«, dröhnte Jens Köpckes Stimme wie Donnerhall durch den Wald.

Bartels Ex-Komplize dachte gar nicht daran. Er schoss blitzschnell und blindlings in die Richtung, aus der die Stimme gekommen war. Aber da war niemand zu sehen, und die Kugel blieb krachend in einem dicken Eichenstamm stecken. Noch in derselben Sekunde hatte Völxen ihm schon von hinten in die Kniekehlen getreten, ehe er den Mann mit seinem beachtlichen Gewicht unter sich begrub und ihn dabei entwaffnete. Derweil versuchte Bartels, dessen Oberschenkel getroffen worden war, davonzukriechen, wurde aber von Jens Köpcke aufgehalten, der hinter seiner Deckung hervorkam und seinen alten Kumpel am Kragen packte.

»Hilfssheriff, die Handschellen«, grinste Völxen. »Du darfst sie ihm selbst anlegen.«

Köpcke nahm sie aus dem Rucksack und legte sie dem Komplizen an, der noch immer auf dem Bauch lag, die Sohle von Völxens Wanderstiefel im Nacken.

»Wenigstens keiner, den man kennt«, murmelte der Hühnerbaron, nachdem er dem Mann mit der Taschenlampe ins Gesicht geleuchtet hatte. Aber gleich darauf fluchte er: »So ein gottverdammter Mist, so ein verdammter!« Er wandte sich an Bartels. »Kannst du wenigstens bis zum Parkplatz humpeln?«

»Leck mich am Arsch«, wimmerte Bartels, dessen Manieren in der Justizvollzugsanstalt offensichtlich gelitten hatten.

Völxen mischte sich ein. »Unsinn, wir brauchen einen Krankenwagen und Sanis, die ihn hier abholen.« Er zog sein Handy aus der Hosentasche. »Am besten, wir fordern den Heli an, der kann uns mit der Wärmebildkamera aufspüren und dem Notarzt die Koordinaten … was ist Jens, was machst du für ein grantiges Gesicht? Ist doch alles großartig gelaufen, sogar noch besser als gedacht. Und wie du *Polizei, die Waffe runter* … gerufen hast, das war doch ganz großes Kino.«

»Gar nichts ist hier großartig«, schimpfte Köpcke. »Heli, Sanis, Notarzt … die ganze verfluchte Bande wird danach meine Pilzstelle kennen, die kann ich ab sofort vergessen. Also was, bitteschön, ist daran großartig?«

Ein böser Ort

Eines Sonntagmorgens stand Robert vor der Tür. Unter seiner verspiegelten Sonnenbrille grinste er wie ein Rasenmäher und brüllte mir über das dumpfe Blubbern eines Motors hinweg zu: »Manni, du altes Arschloch, komm raus! Schau sie dir an, meine Fette!«

In meinem gestreiften Bademantel und den Adiletten ging ich vor die Tür und bewunderte seine *Fat Boy*. Wir redeten nicht viel, nur ein paar Details zur Maschine – PS, Kubik, Beschleunigung, Gewicht – das Wichtigste eben. Dazu rauchten wir eine Selbstgedrehte, obwohl ich eigentlich vor fünf Jahren mit dem Rauchen aufgehört hatte. Es war, als hätten wir uns erst vor vierzehn Tagen gesehen, nicht vor neunzehn Jahren. Doch als wir nun ehrfürchtig um den Eisenhaufen vor der Tür herumschlichen, wurde mir klar, wie sehr ich ihn vermisst hatte, Robert, diesen Spinner.

Kaum war Robert in einer Staubwolke verschwunden, griff ich zum Telefon. »Hab schon gehört, dass er wieder im Lande ist«, sagte Moritz, und Joe schrie: »Was, eine Harley? Affengeil!«

Das Wiedersehen hatte Folgen. Anstatt der geplanten Solaranlage für das das Dach unseres Reihenhäuschens leistete ich mir eine fast neue *Road King Classic*, einen Traum in schwarz, weiß und Chrom. Sandra verlor daraufhin ihre Sprache, und als sie sie nach etlichen Tagen wiederfand, hagelte es Spott: »Eine Harley ist was für alte Säcke! – Lass dir doch einen Zopf wachsen und ein Tattoo stechen! – Ist das eine frühe Midlife-Crisis?«

Die Harley veränderte mein Leben komplett. Nachdem ich zum ersten Mal mit meiner *Road King* auf den Lehrerparkplatz gebrettert war, verlief der Unterricht deutlich ruhiger und disziplinierter als früher. Die Jungs schienen auf einmal Achtung vor mir zu haben, und die Mädchen fanden mich »cool«. Die neidischen Blicke der Kollegen waren Balsam für mein Selbstbewusstsein, das bis dahin nicht sehr ausgeprägt gewesen war. Um die Maschine bändigen zu können, ging ich mit Moritz ins Fitness-Studio. Als mir meine Jacketts – wie hatte ich diese albernen Dinger nur tragen können? – um die Schultern herum zu eng wurden, ersetzte ich sie durch eine schwarze Lederjacke mit Fransen an den Ärmeln. Sie wurde praktisch zu einem Körperteil von mir. Ab und zu fuhr ich die Musiklehrerin nach Hause. Unvergleichlich, dieses Gefühl, wenn sie ihre langen dünnen Arme um meinen Körper schlang und sich ihre Brüste an meinen Latissimus schmiegten. Manchmal genehmigten wir uns bei ihr noch einen Drink und eine kleine Nummer.

Natürlich war Robert der Erste, dem ich mein Baby zeigte. »Heißes Teil«, nickte er anerkennend. »Jetzt können wir Touren machen, alle vier.«

Denn auch Moritz und Joe hatten zugeschlagen. Moritz hatte seinen *Yamaha*-Yoghurtbecher gegen eine *Heritage Softail* eingetauscht, und Joe war ab sofort stolzer Besitzer einer *Dyna FXDL Low Rider*.

Robert, Moritz und ich kannten uns von klein auf. Wir hatten zusammen die Grundschule und das Gymnasium besucht.

Erst in der Neunten war Joe dazugekommen. Er wohnte bei einer alten Vettel, die er Tante nannte. Seine Familie stammte aus dem Osten, er erzählte wenig darüber. Joe, der eigentlich Johannes hieß, war schmächtig und roch immer ein bisschen wie ein nasser Hund. Wegen seines Ossi-Dialekts hatte er einiges auszuhalten. Vielleicht nahm ihn Robert, der ein ausgeprägtes Gerechtigkeitsempfinden besaß, deshalb unter seine Fittiche.

Nach dem Abitur zog Robert wegen einer Frau nach Berlin und verschwand dort spurlos. Mit Joe und Moritz traf ich mich hin und wieder, doch ohne Robert fehlte uns der Zusammenhalt. Robert war unser Fixstern gewesen, unser Boss.

Aber jetzt war die alte Gang wieder zusammen, und nicht nur das: Jetzt waren wir Biker! Und was ein echter Biker ist, der geht mit seinen Kumpels auf Tour.

Natürlich ließ mich Sandra nicht ohne spitze Bemerkungen ziehen. »Der Wahnsinn hat Methode«, bemerkte sie, als sie mit säuerlicher Miene beobachtete, wie ich meinen Schlafsack auf die Harley schnallte. Ich drückte ihr einen Kuss auf die Wange, während die Bikes ungeduldig zwischen unseren Beinen vibrierten. Auch Joes Frau und die zwei Kinder hatten vorhin nicht glücklich ausgesehen. Für Moritz und Robert gab es derlei Hemmnisse nicht. Moritz war noch immer auf der Suche nach der Frau fürs Leben, doch offenbar versuchte er es an den falschen Orten, oder seine Idealvorstellungen waren zu hoch. Robert hatte nach zwei Scheidungen die Nase gründlich voll von Frauen. Zumindest behauptete er das.

Endlich röhrten wir alle vier durch die Dreißiger-Zone davon, Richtung Osten, der aufgehenden Sonne entgegen.

Vier ehrbare Bürger – Moritz: Informatiker, Joe: Finanzberater, Robert: Inhaber einer Werbeagentur und ich: Studienrat für Deutsch und Geschichte – auf dem Weg ins Abenteuer. Der Wetterbericht versprach Hochdruckeinfluss, eventuell ein paar Gewitter am Abend. Nichts deutete zu diesem Zeitpunkt darauf hin, dass Sandra Recht behalten würde. Der Wahnsinn bricht nie plötzlich über einen herein, er hat tatsächlich Methode, es gibt immer Zeichen. Aber wir erkannten sie nicht.

Joe hatte den Vorschlag gemacht, in den wilden Osten zu fahren, und niemand hatte einen Einwand erhoben. Egal wohin der Ritt uns führte, Hauptsache wir waren unterwegs. Sobald sich die fünf Zentner Eisen vorwärts bewegten und der großvolumige V2-Motor unter mir bebte, verspürte ich ein subversives Gefühl von Freiheit. Revolutionäre Gedanken und Ideen gingen mir durch den Kopf: Ich werde Sandra verlassen, ich werde meinen Job hinschmeißen, mit der Musiklehrerin durchbrennen ...

Hinter Lübeck hielten wir an einer Raststätte. Als wir mit unseren Tabletts vor dem Tresen standen, meinte Robert: »Wie wär's mit Soljanka, Joe? Ist das nicht eine Ost-Delikatesse?«

»Vergiss es! Nie mehr fresse ich dieses Schweinefutter!« Joe war laut geworden, die Gäste an den Tischen drehten sich nach uns um. Der Koch hinterm Tresen hob warnend die Augenbrauen, und fletschte sein Raubtiergebiss.

»Ist ja gut, komm wieder runter«, knurrte Robert.

Draußen standen die Harleys chromblitzend in der Sonne. Wir konnten sie durch Scheibe sehen, während wir Spaghetti aßen, die so weich waren, dass sie sich im Mund einfach auflösten.

Vier Typen lungerten in der Nähe der Maschinen herum: Haare geschoren, Bierdosen in der Hand, Doc Martens an den Füßen. Wir behielten sie im Auge. Als wir vor die Tür traten, hatte einer von ihnen die Idee, seine leere Bierdose zu zerknüllen und sie auf den Sattel von Roberts Maschine zu legen. Im nächsten Augenblick hatten Moritz und Robert den Typen in die Zange genommen.

»Nimm die Dose runter!«, sagte Moritz

»Leck mich, du alter Sack!«

Mit neununddreißig war Moritz offenbar nicht gewillt, sich mit »alter Sack« ansprechen zu lassen. Hätte das Bürschchen geahnt, dass Moritz, der Zahnarztsohn, als Jugendlicher geboxt hatte, um damit seine Eltern zu schockieren, hätte er womöglich den Mund gehalten und die Dose runter genommen. Vielleicht aber auch nicht. Moritz, dessen Spitzname »Grizzly« lautete, weil er die Figur eines kanadischen Graubären besaß, war jedenfalls der Meinung, nun sei eine kleine Lektion angebracht. Ohne Vorrede schmetterte er dem Jüngling eine gerade Rechte mitten in die rasierte Fresse. Der Kerl taumelte gegen den tiefergelegten Golf, in dem die Bässe pumpten. Das rief seine drei Kumpels auf den Plan. Meine Stunde als Pädagoge war gekommen, Deeskalationsstrategien waren gefragt. Ich trat dem Erstbesten vors Schienbein und rammte ihm zeitgleich meine Faust in den Magen. Okay, er hatte bis dahin noch nichts getan, aber auf seine Friedfertigkeit schien mir kein Verlass, insofern war mein Handeln präventiv. Außerdem verspürte ich plötzlich eine unbändige Lust, zuzuschlagen.

Der Lackel hatte genau das Alter meiner Oberstufenschüler, obwohl ich bezweifelte, dass er je ein Gymnasium von innen gesehen hatte. Überdies befanden sich unter meinen Schülern keine Glatzen in Springerstiefeln, aber dennoch entlud sich nun der über lange Jahre aufgestaute Lehrerfrust in meinem Schlag. Ich war selbst überrascht, als der Typ zurückwich und zusammenklappte wie ein Taschenmesser. Inzwischen stand der Dosenleger wie ein Fragezeichen da und spuckte Blut, Zähne und Soljanka auf die Kühlerhaube des »mpfda-mpfda« wummernden Golfs. So hatte Moritz alias Grizzly Kapazitäten frei und konnte Joe und Robert zur Hilfe eilen. Robert, der sich in solchen Situationen noch nie geschont hatte, hatte sich den Größten der vier Typen vorgenommen. Verbissen wie ein Terrier in eine Wildsau hing er ihm auf dem Rücken, wobei er versuchte, den feisten Hals zu würgen. Joe war einen Kopf kleiner als der Schrank, mit dem er es aufgenommen hatte, doch seine Aktionen kamen blitzschnell und völlig unberechenbar. Er stieß dem Angreifer den ausgestreckten Zeigefinger ins Auge, trat ihm in die Eier und duckte sich vor seinen Schlägen wieselflink weg. Ich fragte mich, wo Joe wohl gelernt hatte, so zu kämpfen. Selbst ein Punch gegen seine Schläfe konnte ihn nicht stoppen. Schließlich platzierte er einen Kopfstoß zielgenau auf das knirschende Nasenbein seines Gegenübers. Der Kerl ging in die Knie, als wollte er beten.

Ich hatte ich Joe einen Tick zu lange zugesehen und in der Zeit hatte sich mein spezieller Freund wieder aufgerappelt. Sein Faustschlag traf mein Kinn und veranlasste mich zu einem Doppelaxel. Doch der Schmerz lähmte mich nur kurz, dann löste er einen Adrenalinschub aus. Jetzt wollte ich erst recht kämpfen, schlagen, töten. Mit einem Wutschrei stürzte ich mich auf den Typen, ein Ringkampf entbrannte, dem schließlich Moritz' gerade Rechte ein Ende setzte. Zuletzt galt es, Joe zu bändigen, dessen Gegner längst jaulend und blutend wie ein Schwein am Boden lag, während Joe immer noch wütend auf ihn eindrosch.

»Joe! Es ist genug!«, herrschte Robert ihn an. Doch Joe war so in Rage, dass er ihn gar nicht bemerkte. Schließlich packte Moritz Joe am Kragen seiner Lederjacke und hielt ihn so lange fest, bis dessen flackernder Blick wieder normal wurde.

Die Glatzen krochen in ihre Schüssel und jagten auf kreischendem Gummi davon. Auch für uns wurde es Zeit, aufzubrechen, denn aus der Raststätte waren allerlei Schaulustige gekommen, und man konnte nicht wissen, auf welcher Seite die hier zu Lande standen. Also sahen wir zu, dass wir auf unsere Mopeds kamen und uns vom Acker machten.

Am späten Nachmittag hielten wir an einem See, um eine Runde zu schwimmen und unsere Blessuren zu inspizieren. Wir waren nicht ganz ohne davongekommen, aber was juckten einen knallharten Biker schon ein paar Schrammen? Wir grinsten uns verschwörerisch zu.

»Sind wir dabei, Hooligans zu werden?«, fragte ich. Es passiert ja häufiger als man denkt, dass das etablierte Bürgertum in der Freizeit ganz fürchterlich die Sau rauslässt.

»Bullshit, die haben's verdient«, urteilte Robert. Damit war das Thema erledigt.

»Wo pennen wir heute?«, erkundigte sich Moritz. Als echte Biker hegten wir selbstverständlich keine großen Ansprüche an die Unterkunft, und für den Notfall hatten wir Zelte dabei.

»Es gibt da ein Hotel, ist nicht mehr so weit«, antwortete Joe.

Es ging über endlose malerische Alleen. Die Harleys schnurrten, die Reifen fraßen den Asphalt. Dörfer flogen vorbei, mit grauschwarzen Häusern, die tot und ausgestorben schienen, und oft entdeckte man kilometerweit kein Anzeichen von menschlicher Besiedelung. An glitzernden Seen dösten heruntergekommene Holzhäuschen, verlassen und dem Zerfall preisgegeben. Ich hatte auf einmal das vage Gefühl, dass diese Reise ins Nichts führte.

Eine gute Stunde später bogen wir auf eine schmale Straße aus Betonplatten ein. Sie führte schnurgerade durch eine öde, einsame Gegend: Kiefernwälder, eine flache Heidelandschaft, ab und zu ein kleiner See. Keine abzweigenden Straßen, keine Schilder, nicht einmal eine Hochspannungsleitung war zu sehen. Niemandsland. Die Nahtstellen der Betonplatten malträtierten die Stoßdämpfer, das gleichmäßige Rumpeln hatte etwas Einschläferndes, fast wie Eisenbahnschwellen, und ich hatte auf einmal diesen Uralt-Ohrwurm *Es fährt ein Zug nach Nirgendwo* im Kopf und wurde ihn nicht mehr los. Niemand begegnete uns, nur vereinzelt zeugte der zerfetzte Kadaver eines überfahrenen Tieres am Straßenrand davon, dass es zu anderen Zeiten Straßenverkehr geben musste.

Mochten die anderen diese unberührte Landschaft genießen, mir verursachte sie Unbehagen. Das Land war mir zu weit und zu flach, es gab nirgends eine Möglichkeit, Schutz zu finden, wovor auch immer.

Wenig später wurde die Straße von Birken gesäumt und führte durch ein Moor. Braune Gräser zitterten im Wind, der Boden verströmte einen Geruch nach Fäulnis und Verwesung. Am Horizont zogen dunkle Wolken auf wie böse Geister, sie nahmen bedrohliche Formen an, schnitten abscheuliche Fratzen. Die Luft wurde schwer, das Atmen strengte an. Unsere Visiere waren schwarz von Insektenleichen.

Völlig unerwartet beschrieb die Straße eine scharfe Biegung. Moritz, Robert und mich hätte es um ein Haar aus der Kurve getragen, aber Joe lachte nur. Er hatte noch immer diese Lache wie ein heiseres Pferd. Jetzt klang sein Gelächter unheimlich.

Wir überquerten ein Bahngleis, und plötzlich tauchte vor uns eine Mauer auf. Eine hohe, unerschütterliche Mauer aus roten Backsteinen. Sofort hatte ich ein Bild von Stacheldrahtrollen dort oben auf der Mauer vor Augen. Es gab auch so etwas wie einen Wachturm, allerdings entpuppte sich dieser als Pförtnerhäuschen. Das eiserne Tor, dessen Spitzen feindselig in den Himmel stachen, stand offen, an der Tür des Häuschens hing ein Schild: *Herzlich Willkommen. Gäste bitte an der Rezeption anmelden.*

Wir sahen Joe fragend an, als wir vor dem Wachhäuschen anhielten und die Helme abnahmen.

»Hier?«, fragte Robert.

Joe nickte.

In mir regte sich Widerstand, ein vages Angstgefühl, und ich schlug vor: »Wollen wir nicht lieber irgendwo zelten?«

»Es zieht ein Gewitter auf«, entgegnete Robert und tuckerte über den Kiesweg auf das Gebäude zu. Wir folgten ihm.

Es war ein großer, L-förmiger, schmuckloser Bau. Die Fassade erstrahlte in einem kranken Hellgelb gegen den nun immer schwärzer werdenden Himmel. Die frische Farbe konnte jedoch nicht über die Tristesse des Gemäuers hinwegtäuschen. Es erinnerte fatal an ein Gefängnis. Die Fenster sahen neu aus – vielleicht waren bei der Gelegenheit die Gitter entfernt worden. An die lange Seite hatte man einen Wintergarten geklatscht. Kein Mensch saß zwischen den Palmen in den Rattansesseln. Mit dem Garten hatte man sich Mühe gegeben: grellgrüne Rasenflächen, unterbrochen von Buchsbaumhecken, Rosenbeeten, einem Teich. Am nördlichen Rand des Areals duckten sich verschämt ein paar barackenartige Nebengebäude und ein kleines Haus. Vielleicht Unterkünfte für das Personal. Ein Schild mit einem P und einem krummen Pfeil wies hinter das Gebäude. Der Parkplatz war leer, was mir nur logisch zu sein schien. Das ganze Anwesen hatte etwas Surreales, andere Hotelgäste vorzufinden wäre mir geradezu grotesk erschienen. Wir stellten die Maschinen ab. Das Verstummen der Motoren hinterließ eine unheimliche Stille. Schwalben flitzten um die Ecke, als wir uns auf den Eingang zubewegten. Jenseits der Mauer spaltete ein Blitz den Himmel.

Hotel Heide, verriet das Schild über dem Portal, das man über drei Stufen erreichte. Auf jeder Stufe standen rechts und links Blumenkübel. Die Moosröschen darin waren verdorrt und ich hatte plötzlich ganz deutlich Babyleichen in Blumentöpfen vor Augen. Ich befahl mir, mich gefälligst zusammenzureißen.

An der Rezeption begrüßte uns ein Mädchen mit zu blond gefärbten Haaren. In ihrem Dialekt erkannte ich sofort den,

den Joe gesprochen hatte, als er damals zu uns in die Klasse gekommen war. Inzwischen hatte er ihn fast vollkommen abgelegt, nur noch ganz selten verriet ein etwas zu dunkel geratener Vokal seine Herkunft. Joe regelte die Sache mit den Zimmern.

»Sind wir die einzigen Gäste?«, fragte Robert.

Das Mädchen sah uns mit ausdruckslosem Blick an. Sie schien kein bisschen überrascht zu sein über unser Aussehen. Vielleicht verkehrte hier ja häufiger ramponiertes Publikum. »Das Haus ist ausgebucht. Außer Ihnen wohnt noch eine japanische Reisegruppe hier, sechzig Leute. Die sind aber den ganzen Tag zum *Sightseeing* unterwegs.«

Ihre Aussprache des Wortes *Sightseeing* trieb uns allen ein Grinsen ins Gesicht.

»Wann möchten die Herrschaften zu Abend essen?«

»Wann essen die Japsen?«, wollte Moritz wissen.

»Die japanische Reisegruppe isst heute auswärts, wir erwarten sie nicht vor elf Uhr abends zurück«, sagte das Mädchen ohne zu lächeln.

»Dann um acht«, entschied Robert und Moritz zwinkerte dem Mädchen zu, aber nur mit dem rechten Auge denn das linke war weitgehend zugeschwollen. Die Kleine war flachbrüstig und hatte ein Gesicht wie ein Pfannkuchen. Bei Moritz musste wirklich akuter Notstand herrschen.

»Der Herr Direktor wird Sie dann beim Abendessen begrüßen«, verkündete der Pfannkuchen.

Joe fragte: »Wie heißt denn der Herr Direktor?«

Sie nannte einen Namen, den ich gleich wieder vergaß. Joe quittierte die Auskunft mit einem unfrohen Lächeln, dann schnappte er sich seinen Motorradkoffer und ging auf eine breite, elegant geschwungene Treppe zu, deren Stufen mit einem weinroten Läufer bespannt waren.

»Die Aufzüge sind hier drüben«, rief ihm das Mädchen nach, aber da war er schon verschwunden.

Das Zimmer war nicht groß, aber okay, es hatte zwei Fenster zum Garten. Die Luft darin war schal. Ich riss die Fenster auf, doch es drang nur Schwüle herein. Mein Blick verlor sich hinter der Mauer. Wie eine schwere, alles erstickende Decke legte sich der Himmel auf die Landschaft. Ein Gewitter mit Regen wäre eine Erlösung, dachte ich. Moritz studierte das Prospektmaterial, das er im Zimmer gefunden hatte.

»Das Gebäude war bis kurz nach der Wende ein Kinderheim. Hundertzwanzig Kinder waren hier untergebracht.« Er sah sich um. »Ich wette, das hier waren mal zwei Zimmer.«

Ich ging in das winzige Bad und wusch mir den Staub vom Gesicht. Die Schramme an meiner Wange brannte und begann beim Abtrocknen erneut zu bluten.

»Weißt du was?«, fuhr Moritz fort, als ich aus dem Bad kam. »Ich glaube, dass Joe früher mal hier war. Warum sonst käme er auf die Idee, uns in diesen Kasten zu schleppen? So toll finde ich es hier nicht gerade.«

»Nicht so toll« war noch milde ausgedrückt. Trotz frischer Farbe, dicken Teppichen und hellen Tapeten strahlte das Gebäude nach wie vor die Düsternis einer Anstalt aus. Wie ein Mensch, der versucht, seinen schlechten Charakter unter einem eleganten Anzug zu verbergen. *Schlechte Aura*, hätte die Musiklehrerin vermutlich gesagt. Ich wünschte, sie wäre hier, würde mit ihrem Lachen die Gespenster vertreiben. Obwohl es schwülheiß war, fror ich. Gleichzeitig fühlte ich mich klebrig und hatte das Gefühl zu stinken. Etwas Unbestimmtes drückte mir hier auf die Seele und die Stimmung. »Was ihn wohl hierher treibt?«, fragte ich. »Ein paar fröhliche Kindheitserinnerungen?«

»Glaube ich weniger«, meinte Moritz. »Das sieht mir hier nicht aus wie Bullerbü. Schau mal.«

Das Foto auf dem Prospekt zeigte das Gebäude in sozialistischem Einheitsgrau, im Innenhof standen zwei lächerliche Schaukeln. Kein Rasen, keine Rosen, kein Teich. Ein grässlicher Ort. Ich schauderte. Dann fiel mir etwas ein: Moritz hatte mir irgendwann erzählt, er habe gerüchteweise gehört, dass Joe gar keine Familie im Osten habe. Seine damalige »Tante« in Hannover sei eine Pflegemutter gewesen. Wir hatten unseren Freund jedoch nie danach gefragt.

Ein Donnerschlag wie ein Peitschenknall ließ uns zusammenfahren. Es klopfte an die Tür. Es war Robert, der meinte, wir sollten uns nach einem trockenen Platz für die Maschinen umsehen, es würde sicherlich bald ordentlich runterprasseln. Wir folgten ihm nach draußen. Der Himmel sah aus wie kurz vorm Platzen. Robert hatte Joes Schlüssel dabei.

»Duscht«, sagte er auf meine Frage nach Joe. Moritz erzählte Robert von seiner Vermutung.

»Richtig«, bestätigte Robert. »Er sagt, als er gehört habe, dass das nun ein Hotel sei, habe ihn das neugierig gemacht. Ist ein komischer Kasten, was?« Robert schüttelte sich. »*Bad vibrations*. Würde mich nicht wundern, wenn die verlorenen Seelen der armen Würmer heute Nacht hier herumspuken.«

Wir grinsten. Robert war immer noch der Alte, nur dass er uns heute mit seinen Schauermärchen nicht mehr erschrecken konnte. Jedenfalls nicht sehr. Schließlich waren wir Biker, keine Memmen. Wir durchstreiften das Gelände auf der Suche nach einem überdachten Parkplatz. Robert zeigte auf ein großes Gartenhaus: »Das da.«

»Meinst du wir können da einfach die Bikes reinstellen?«, zweifelte Moritz.

»Sonst müssen wir die Babys mit aufs Zimmer nehmen«, sagte Robert.

Ich sah ihn schon auf seiner *Fat Boy* die Treppe erklimmen und stellte mit Erleichterung fest, dass die Tür zum Gartenhaus offen und darin genug Platz für vier Motorräder war. Als die Bikes verstaut waren, war der Himmel dunkelviolett und die Luft zum Schneiden. Eine riesige, einbeinige Krähe hüpfte vor uns her über den Rasen, als wollte sie uns zurück ins Haus locken.

»Dann machen wir uns mal hübsch«, sagte Robert, was angesichts seiner Nase, die seit heute Mittag deutlich an Umfang gewonnen hatte, nicht einfach werden würde.

Das Abendessen fand im Wintergarten statt. Wir aßen blutige Steaks, tranken einen schweren Roten und beobachteten das Naturschauspiel vor den Fenstern. Ein Sturm war nun aufgekommen, trieb Staubwolken vor sich her und riss an den Rosensträuchern. Noch immer fiel kein Regen. Wir waren sehr schweigsam. Das waren wir oft, wenn wir zusammen waren, aber dieses Schweigen war anders. Wir fühlten uns unwohl, wir warteten, dass das Gewitter losbrechen würde, wir warteten, dass Joe uns etwas erklären würde, aber er starrte nur vor sich hin. Das Pfannkuchenmädchen servierte in Zeitlupe und in gewohnt gelangweilter Manier. Mir kam der Verdacht, dass sie gar nicht echt war, sondern ein schlecht geölter Roboter. Hatte es nicht vorhin ein bisschen geknirscht, als sie den Teller hochgehoben hatte?

Nach dem Essen erschien ein schmieriger Typ in den Fünfzigern. Er stellte die üblichen Fragen nach unserer Zufriedenheit, der Anreise, eventuellen Wünschen. Robert und Moritz beantworteten sie einsilbig, der Typ trollte sich wieder. Auch wenn keiner es aussprach, aber wir alle wünschten uns weit fort. Ich bestellte eine Runde Schnaps.

Dann, als hätte er dieses Quantum Alkohol gebraucht, sagte Joe: »Meine Eltern waren politische Gefangene. Versuchte Republikflucht. Deshalb bin ich ins Heim gekommen. Ich durfte sie nie sehen.«

Wir blickten betrübt in unsere Weingläser. »Sauerei, das«, murmelte Robert.

»Wie ... wie war es denn hier so?«, fragte Moritz vorsichtig.

Joe sah ihn an, sein Blick war leer. »Wenn man groß und kräftig war und keine Skrupel hatte, andere zu quälen, dann konnte man es aushalten. Ich war acht und eher klein und schmächtig. Keine Ahnung, wer schlimmer war, die anderen Kinder oder die Aufsicht. Es war die Hölle.«

Wir schwiegen noch immer. Was hätten wir auch sagen sollen?

Plötzlich sprangen die Türen auf, Geschnatter erfüllte den Raum, Unmengen von Japanern strömten herein und ließen sich wie Vogelschwärme an den Tischen nieder.

Ohne uns abzusprechen standen wir auf. Wir hatten immer einen kleinen Vorrat an Getränken dabei, Moritz hatte die drei Flaschen Merlot schon auf unser Zimmer gebracht. Aber vor der Tür verabschiedete sich Joe. »Ich geh pennen.« Er verschwand im Nebenzimmer.

Das war uns gar nicht so unrecht, denn im Augenblick wussten wir nicht so recht, wie wir mit ihm umgehen sollten.

Ihn bedauern? Ihm Fragen stellen? Nichts fragen? Morgen würden wir diesen Ort so rasch wie möglich verlassen, und dann würde sich unser Verhältnis wieder normalisieren. Wir tranken die drei Flaschen restlos aus, und ich war ziemlich beduselt und gerade am Einschlafen, als jemand gegen unsere Tür hämmerte. Moritz erhob sich träge.

»Joe ist weg«, sagte Robert.

»Wie, weg?«

»Er ist nicht im Zimmer.«

»Und seine Sachen?«

»Die sind da.«

»Dann wird er halt mal rausgegangen sein«, antwortete ich vom Bett aus und gähnte. »Oder er vögelt gerade den Pfannkuchen.«

»Ich weiß nicht recht«, sagte Robert. »Ich werde mal nach ihm sehen.«

Selbstverständlich begleiteten wir ihn. Es war zwei Uhr, im Hotel war alles still. Wir traten vor die Tür. Noch immer tobte der Sturm, und gerade fielen die ersten Tropfen. Alles war dunkel, nur in dem Haus am Ende des Gartens brannte Licht. Licht, das uns anzog wie Motten.

Die Haustür war offen, wir gingen hinein. In der Küche saß Joe auf einem Hocker, in der Hand ein langes Messer. Vor ihm lag der Hoteldirektor, nackt, mit wirrem Haar und durchgeschnittener Kehle. Aus der Wunde pulsierte Blut, der ganze Küchenboden war voll davon, man konnte es riechen: bleiern, süßlich. Ein See aus Blut, und Joe mittendrin.

»Er war der Schlimmste von allen«, sagte Joe. »Der Oberaufseher. Wegen irgendwelcher Nichtigkeiten wurde man von ihm im Flur an die Heizkörper gebunden, bis man sich eingepisst und eingeschissen hatte. Und alle, die vorbeikamen, lachten einen aus.«

»Komm da weg und gib mir das Messer«, sagte Robert ruhig. Joe gehorchte und watete durch die Blutlache nach draußen. Robert brüllte durch den Regen: »Niemand hat die Bikes gesehen. Lasst uns verschwinden.«

»Und das Mädchen?«, fragte ich. »Die hat uns gesehen.«

»Was kann die schon sagen? Joe, was hast du auf die Anmeldungen geschrieben?«, fragte Robert.

»Bullshit.«

»Gut.«

Stumm packten wir unsere Sachen, holten die Bikes aus dem Gartenschuppen und fuhren durch das Unwetter über die Betonpiste zurück. Der Regen war jetzt so dicht wie ein Vorhang, ein roter Vorhang, Blutregen, ich spürte ihn nicht, ich konzentrierte mich auf die rote Corona des Rücklichts von Roberts Maschine und auf das beruhigende Dröhnen des Motors. Von irgendwoher ertönte der Song: *Country road, take me home* ... Ja, nach Hause! In die warmen Arme der Musiklehrerin mit der Kaschmirstimme. Irgendetwas roch verbrannt. Verdammt, jetzt nur kein Motorschaden! Doch die Harley schnurrte und brummte und wurde dabei lauter und lauter ... Jemand rüttelte an meiner Schulter. Ich brauchte etliche Sekunden, ehe ich begriff, wo ich war: im Schlafzimmer, in meinem Bett. Nebenan, in der Küche, röhrte die Saftpresse.

»Willst du nicht endlich mal aufstehen?«, hörte ich Sandras Stimme. »Frühstück ist fertig.«

Ich schlüpfte in meinen Bademantel und wankte in die Küche. Der Toaster spuckte mir eine verkohlte Brotscheibe entgegen.

»Mann, ich hatte vielleicht einen irren Traum«, murmelte ich, noch ganz verstört von den Trugbildern der Nacht.

»Worum ging's? Willige nackte Frauen?«, argwöhnte Sandra.

»Um Motorräder und Prügeleien.«

»Auch schön«, lächelte Sandra und erinnerte mich daran, dass ich gleich nach dem Frühstück unsere Fahrräder für die sonntägliche Radtour fit zu machen hätte.

Es klingelte.

»Sicher wieder welche, die mit uns über Gott sprechen wollen«, vermutete ich, und da ich nicht in der Stimmung dafür war, bat ich Sandra: »Erledige du das.«

Sandra ging zur Tür, kam zurück, und sagte: »Da draußen ist einer auf einer Harley, der sagt, er würde dich von früher kennen.«

Ich starrte Sandra an, starrte aus dem Fenster – zögerte – aber nur eine Sekunde. Dann eilte ich hinaus, um Robert zu begrüßen.

Seitenlinien

»Cherie, lass uns heute in die Katakomben gehen«, brach Moritz das zwölfstündige Schweigen.

»Muss das sein?«, stöhnte Christine.

»Es wäre schön.« Immerhin, dachte Moritz, haben wir schon alles abgeklappert, was *sie* sehen wollte: Sacré Coer, Quartier Latin, Champs-Elysées, den Eiffelturm natürlich und die Mona Lisa. Er fand, dass nun zur Abwechslung einmal er an der Reihe war. Schließlich war es ihre *gemeinsame* Hochzeitsreise, nicht nur Christines. Wäre es nach ihm gegangen, befänden sie sich jetzt ohnehin in Rom, aber es war nicht nach ihm gegangen, das war es noch nie und würde es auch die nächsten vierzig Jahre nicht, das war ihm inzwischen erschreckend klar geworden.

»Ständig lästerst du, wie dreckig diese Stadt wäre, und nun willst du auch noch unter die Erde«, entgegnete Christine.

»Du musst ja nicht mitkommen, Cherie.« Das Kosewort klang wie das Beil einer Guillotine. Seit sie in Paris waren, nannten sie sich gegenseitig Cherie, als wären sie alberne Frischverliebte. Dabei waren sie weit davon entfernt. Weil bei ihrer Heirat beide noch studiert hatten – er BWL, sie Soziologie – und sie knapp bei Kasse gewesen waren, holten sie die ausgefallene Hochzeitsreise nun, fünf reale und gefühlte zehn Jahre später, nach.

»Aber Cherie, das kommt doch gar nicht in Frage, dass ich dich auf unserer Hochzeitsreise alleine lasse«, sagte sie und zog ihren Kleinmädchen-Schmollmund, der mit jedem Jahr, das sie von diesem Lebensabschnitt trennte, peinlicher wurde. Die Schmollmiene behielt sie auch auf der Fahrt mit der Metro bei. Sie schwiegen. Moritz hätte gerne noch einmal im Reiseführer über die Katakomben nachgelesen, aber der lag seit gestern in einem Pariser Gulli.

Am Place Denfert-Rochereau stiegen sie aus. »Was für eine Schlange!«, rief Christine entsetzt.

Auch Moritz war darüber nicht begeistert. Aus Sicherheitsgründen ließ man immer nur zweihundert Leute in die Katakomben, deshalb musste Moritz für zwei Eintrittskarten eine gute Stunde anstehen. Als er sie endlich hatte, maulte Christine: »So ein schönes Wetter und wir müssen in den Untergrund.«

»Du kannst auch hier warten, es dauert nur eine gute halbe Stunde«, meinte Moritz, der, wenn er ehrlich war, Christine gerne eine Weile los geworden wäre. Seit acht Tagen waren sie ununterbrochen zusammen und diese ständige Nähe ging ihm zusehends auf die Nerven. Er begann, sich Fragen zu stellen. Waren sie wirklich füreinander bestimmt, bis ans Ende ihrer Tage? War eine Beziehung auf Lebenszeit heutzutage überhaupt noch zeitgemäß, noch möglich? Worauf hatte er sich da nur eingelassen und wie sollte das werden, die nächsten zehn, zwanzig, dreißig Jahre? Oder wenn sie eines Tages beide Rentner sein würden, beide zu Hause, ständig der Gegenwart des anderen ausgeliefert ... Er schüttelte sich bei dieser Vorstellung und Christine meinte spöttisch: »Das gilt auch für dich.«

»Was?«, fragte Moritz, aus seinen Gedanken gerissen.

»Du darfst auch umkehren, dir graut es ja jetzt schon.«

»Zu spät«, sagte er.

Ein junger Mann bot sich ihnen als Führer durch die Katakomben an und Moritz willigte in das Angebot ein, wohlwissend, dass Christine es hasste, sich in einem Pulk von Menschen zu bewegen. Aber Moritz hatte allmählich genug davon, ständig auf ihre Schrullen und Macken Rücksicht nehmen zu müssen. Dies hier war *sein* Ausflug, das hatte er soeben beschlossen.

Der Junge hieß Antoine und studierte Geschichte, zumindest behauptete er das. Zusammen mit zwei amerikanischen Pärchen, einer zwölfköpfigen Gruppe Japanern und vier elegant gekleideten italienischen Mittdreißigerinnen passierten sie den Eingang.

»Arrête, c'est ici l'empire de la mort!« – »Halt, hier ist das Reich des Todes«, stand auf einem Stein über dem Tor. Moritz ergötzte sich an den sich aufstellenden Härchen auf Christines Unterarmen. Sie stiegen eine steile Wendeltreppe hinab. Ein modriger Geruch lag in der Luft, Moritz bekam Druck auf die Ohren und gähnte ihn weg. Eine ganze Weile folgten sie einem schier endlosen, kalten, feuchten Gang. Unterwegs ratterte Antoine seine Lektion herunter: »Die Katakomben von Paris sind ein Überbleibsel der *carrières*, unterirdischer Steinbrüche. Vor über zweitausend Jahren haben die Menschen hier begonnen, Kalkstein für ihre Häuser, Ton und Gips zu Tage zu fördern. Bereits die Römer gruben die ersten Stollen und Steinbrüche, die sich im Laufe der Jahrhunderte zu dem heutigen Labyrinth ausgebreitet haben, welches über 330 Kilometer umfasst. Beim Abbau des Baumaterials dachte jedoch niemand daran, die Gänge zu sichern, im 18. Jahrhundert stürzten deshalb ganze Straßenzüge mitsamt Gebäuden und Pferdefuhrwerken ein. Außerdem gab es ein weiteres Problem: die Friedhöfe der Stadt waren überfüllt und stanken unermesslich – ein Paradies für Ratten und Krankheitserreger. Das Exhumieren nur halb verwester Leichen führte zu katastrophalen hygienischen Zuständen. 1779 erstickten angeblich mehrere Bewohner der Rue de la Lingerie am Gestank, der von dem benachbarten *Cimetière des Innocents* herüberwehte.«

»Mir wird auch gleich sterbensschlecht«, jammerte Christine.

»Sicher der Fisch von gestern«, bemerkte Moritz.

Dann standen sie plötzlich in einem hohen Gewölbe und um sie herum gestapelte Knochen und Totenschädel, alle irgendwie symmetrisch angeordnet. Eine Mauer bestand nur aus Oberschenkelknochen, unterbrochen von einer zierenden Borte aus Schädeln. Offenbar hatten die Gebeinaufschichter ihrer Verspieltheit freien Lauf gelassen. An anderer Stelle waren nur Schädel aufgestapelt, eine unvorstellbare Menge.

»Die sterblichen Überreste wurden ab 1785 in die Katakomben gebracht«, erklärte Antoine. »Später, als sie verwest waren, begannen die Totengräber, die Knochen und Schädel in Mustern und Formationen aufzuschichten, wie man hier sehr gut sehen kann. Etwa sechs bis sieben Millionen Skelette liegen unter der Stadt, die meisten sind Opfer der Pest und der französischen Revolution. Auch Danton, Moliére und der grausame Robespierre liegen hier, anonym. Ein kleiner Trakt der Katakomben gehört der Banque de France die dort den Goldschatz der französischen Nationalbank untergebracht hat.«

Antoine sprach ein schier unverständliches Englisch, aber die Japaner und die Amis nickten eifrig zu seinen Ausführungen. Überhaupt war Antoine der Einzige, der seine Stimme erhob, die anderen Besucher schwiegen ehrfurchtsvoll oder wagten nur zu flüstern.

Christine blickte Moritz vorwurfsvoll an: »Das ist mal wieder typisch«, zischte sie.

»Was hast du erwartet? Das wäre der erste Franzose, der ein vernünftiges Englisch spricht.«

»Das meine ich nicht. Sondern dass du nicht einen Gedanken daran verschwendet hast, dass ich hier unten den Gebeinen meiner Vorfahren gegenüberstehen könnte – und wie ich mich dabei fühle!«

Moritz presste eine Hand auf seinen Mund und unterdrückte mühsam einen Lacher, was ihm einen wütenden Blick eintrug. Nein, auf diese groteske Idee war er wirklich nicht gekommen. Christine und ihre französischen Vorfahren! Ja, irgendwann, vor über zweihundert Jahren, hatte es eine französische Seitenlinie gegeben. Christines Bruder Felix betrieb Ahnenforschung und hatte unter anderem eine französische Frauenrechtlerin zu Zeiten der französischen Revolution mit dem Namen Florence Chapelier zu Tage gefördert, die angeblich von Königstreuen hingerichtet worden war. Christiane erklärte die frühe Emanze sofort zu ihrer Lieblingsahnin und Seelenverwandten, was Moritz zu der Bemerkung veranlasste, sie könne nicht sonderlich erfolgreich gewesen sein, da Frankreichs Frauen immerhin erst 1944 das Wahlrecht erhalten hatten. Seit einem Jahr hing der Stammbaum der Familie Mutzke – was zu Christines großem Bedauern sehr unfranzösisch klang – fein säuberlich aufgezeichnet und auf handgeschöpftes Papier gedruckt über ihrem Ehebett und Christine sprach ihren Vornamen auf französische Weise aus, was Moritz affig fand. Der französischen Suffragette war es wohl auch zu verdanken, dass die nachgeholte Hochzeitsreise nach Paris ging, obwohl seit Jahren Rom geplant gewesen war.

Zu Christines Leidwesen war Moritz nicht sonderlich frankophil, ganz im Gegenteil: Seit das Ahnenplakat im Schlafzimmer hing, machte er gerne Scherze über »den Erbfeind«. Moritz schätzte allenfalls den Käse und den Rotwein der Franzosen, aber das war es dann auch schon. Die komplizierte französische Küche mit ihren Widerwärtigkeiten wie Froschschenkel, Fasan grün oder Gänsestopfleber war ihm ein Gräuel. Er mochte deutsche Hausmannskost und liebte die genial einfache, ehrliche Küche der Italiener. In den letzten Tagen hatte er Christine regelmäßig zur Weißglut getrieben, weil er in jedem Restaurant demonstrativ Pizza, Pasta oder Steak aß. Erst gestern Abend hatten sie sich deswegen wieder gestritten: Als Christine ihn unbedingt zu einem *poulet à la creme* überreden wollte, hatte er ihr eine Stelle aus dem Reiseführer vorgelesen: »*Im 3. Jahrhundert v. Chr. siedelten die keltischen Parisii, ein angeblich wilder, raffgieriger Stamm, auf der Île de la Cite, dem heutigen Herzen von Paris. Der Überlieferung nach waren sie leidenschaftliche Karnivoren. Das Fleisch war häufig bereits verdorben. Um den Verwesungsgeschmack zu kaschieren, wurde es mit Liquamen, einer streng riechenden Sauce aus fermentiertem Fisch, übergossen. Dies markierte die Geburtsstunde der raffiniertesten Küche der Welt ...*«

Weiter war er nicht gekommen, Christine war aufgestanden, hatte ihm wütend das Buch aus der Hand gerissen und es vor dem Lokal in einen Gulli gestopft. Er hatte ihr noch nachgerufen, dass das einzige Gericht, das die Pariser ihr Eigen nennen können, die Zwiebelsuppe mit Käse und in Butter gerösteten Brotwürfeln sei. Danach hatte sie irgendeinen kapriziösen Fisch bestellt und er ein Steak. Beides wurde schweigend gegessen und bis heute Morgen hatten sie nicht mehr miteinander gesprochen.

Immer weiter drangen sie nun in das Totenreich vor. Über steile Treppen ging es nach unten und wieder hoch, manche Gänge waren schmal und voller Schotter, der das Gehen erschwerte, ab und zu tropfte es von der Decke. Moritz war froh um seine Taschenlampe, denn die Beleuchtung war an einigen Stellen eher spärlich. Ob es hier wohl viele Ratten gab? Die Anhäufungen menschlicher Gebeine schienen indessen nicht abbrechen zu wollen. Knochen, Knochen, ganze Höhlen voll mit Knochen! Erstaunlicherweise waren es fast nur Schädel und Oberschenkelknochen. Wo waren die ganzen Unterschenkel, die Rippen und die anderen Gebeine? Ihr Führer wies darauf hin, dass am Ausgang eine penible Taschenkontrolle erfolgte. »Also bitte keine Knochen einstecken.«

Interessiert betrachtete Moritz eine Wand voller Schädel. Sie waren von unterschiedlicher Größe – Männer, Frauen, Kinder? –, teilweise konnte man an einem Loch im Kopf die Todesursache erkennen.

Einer der Amerikaner testete das Echo, aber sein Schrei wurde von den Kreidewänden ohne den geringsten Widerhall verschluckt. Nun sollten sie eine wackelige Leiter hinaufsteigen, die an bröseligem Gestein befestigt war. So langsam wurde es auch Moritz ein wenig mulmig. Am Fuß der Leiter wandte er sich um nach Christine, doch sie war nicht hinter ihm. Wo konnte sie sein? Sie waren so ziemlich die Letzten der Truppe gewesen, weil sie oft stehen geblieben waren um die französisch und lateinisch beschrifteten Steintafeln zu lesen, die entweder bestimmter Toter gedachten oder philosophische Weisheiten vermittelten. Als er Christine zuletzt gesehen hatte, hatte sie sich mit ihrem Sechs-Trimester-Volkshochschulfranzösisch, das sie abends an den Pariser Kellnern wetzte, an irgendeinem makabren Sinnspruch festgebissen. *Wo ist er, der Tod? Kaum ist er da, schon ist er fort* ... oder so ähnlich. Er war weitergegangen.

»Christine?«, rief Moritz. Keine Antwort. Der poröse Stein schien seine Stimme förmlich aufzusaugen. »Christine?« Der Strahl seiner Maglite verlor sich im Dunkeln. Hunderte von Schädeln starrten ihn stumm aus ihren Augenhöhlen an.

»Willst du die Taschenlampe?«, hatte Moritz beim Betreten der Gewölbe gefragt.

»Nein, ich habe meine eigene«, hatte sie geantwortet. Es war ein winziges Lämpchen, das an ihrem Schlüsselbund hing und über eine Reichweite von dreißig Zentimetern verfügte, allenfalls dazu geeignet, um nachts ein Türschloss anzuleuchten. Aber er hatte nichts dazu gesagt, er wollte nicht als Besserwisser und Klugscheißer, wie sie ihn im Streit manchmal nannte, dastehen. Er versuchte, sie anzurufen, aber wie er schon befürchtet hatte, gab es hier unten keinen Empfang.

Vielleicht war sie unbemerkt vorausgegangen und die Leiter schon längst hochgeklettert? Er beschloss, den anderen zu folgen, dann würde er ja sehen, ob sie da war. Und wenn nicht?

Er erklomm die Leiter und zwängte sich durch ein enges Loch. Nein, diese Tour war tatsächlich nichts für Leute mit Klaustrophobie, und auch nichts für Übergewichtige.

Die Gruppe stand auf einem Balkon, Antoine leuchtete in die Tiefe und ermöglichte so den Blick auf ein beeindruckendes Tunnelsystem. Dazu erklärte er: »Der Großteil des Pariser Tunnelsystems darf nicht betreten werden. Dennoch werden in den Katakomben oft Partys gefeiert, es gab sogar mal ein richtiges Kino unter der Erde, bis die Polizei es entdeckte. Es gibt eine extra Polizei, die nur für die Tunnels zuständig ist, man nennt sie die *cataflics*. Aber es ist natürlich unmöglich, ein über dreihundert Kilometer langes Tunnelsystem zu überwachen, das auch noch dreihundert Eingänge hat. Deswegen tummeln sich darin allerlei Gestalten: Obdachlose, Drogensüchtige, Dealer und natürlich Satanisten, die hier ihre schwarzen Messen feiern. Und es gibt nach wie vor Untergrund-Partys, sie werden kurzfristig über das Internet angekündigt. Ich muss Sie allerdings davor warnen. Wenn man im gesperrten Teil der Katakomben erwischt wird, zahlt man eine saftige Strafe. Aber das größere Problem ist, dass man sich sehr leicht verirren kann. Es wurden schon Leute entdeckt, die tagelang herumgeirrt sind.«

Moritz ließ den Strahl seiner Taschenlampe über die Gesichter gleiten. Hier oben war Christine auch nicht.

»Alles in Ordnung?«, fragte Antoine.

»Ja, alles klar«, hörte sich Moritz antworten. Er wollte kein Aufsehen erregen. Wenn Christine herumgetrödelt und den Anschluss verloren hatte, würde sie eben ein paar Minuten später nachkommen. Bei so einem Durchsatz von Leuten wie hier war es ja wohl kaum möglich, dass jemand verloren ging. Außerdem gab es auch noch Personal, an das man sich wenden konnte; Moritz hatte während ihrer Tour schon mindestens drei Wächter bemerkt, die aufpassten, dass die Pietät wenigstens einigermaßen gewahrt wurde und niemand vom Weg abkam.

Und wenn doch? Auf ihrem mit Pfeilen und einer schwarzen Linie an den Decken der Gänge markierten Weg durch die Unterwelt hatte es etliche Abzweigungen gegeben, allerdings hatte man diese Seitengänge mit Türen verschlossen oder zugemauert. Was, wenn Christine eine dieser Türen geöffnet hatte? Vielleicht waren sie gar nicht abgesperrt? Er erinnerte sich an einen offenen Gang in dem ein Betonmischer, Schaufeln und Wannen gestanden hatten. Vielleicht waren die dazugehörigen Bauarbeiter gerade in der Mittagspause. Was, wenn Christine diesen Gang erkundet hatte, auf der Suche nach einem Abenteuer jenseits der braven Touristenherde? Es sähe ihr ähnlich. Sie konnte sich nie anpassen, musste immer Verbote ignorieren, immer aus der Menge ausscheren. Früher hatte er genau diesen anarchistischen Zug an ihr gemocht, inzwischen nervte er nur noch. *Wer sich in Gefahr begibt, kommt darin um* – Jesus Sirach 3,27. Warum musste er jetzt an diesen Bibelspruch denken? Er versuchte, sich zu beruhigen. Wie oft hatte er Christine schon in Kaufhäusern verloren, auf Märkten, auf Veranstaltungen. Sogar im Supermarkt schaffte sie es, sich zwischen den Regalen unsichtbar zu machen, um dann mit vorwurfsvoller Miene in letzter Sekunde an der Kasse aufzutauchen. Dieses Mal wird es genauso sein, dachte Moritz verärgert.

Die Gruppe stieg die Leiter wieder hinunter und ging weiter. Moritz blieb stehen und wartete. Er hatte nicht auf die Uhr gesehen, aber nach geschätzten zehn Minuten und etwa hundert fremden Menschen, die an ihm vorbeigezogen waren, beschloss er, ebenfalls zum Ausgang zu gehen. Vielleicht hatte

Christine die Gruppe unbemerkt überholt und wartete längst draußen in der Frühjahrssonne auf ihn, während er hier herumstand und sich grundlos Sorgen machte. Sein Ärger wuchs. Das war wieder typisch Christine, ihm diesen Besuch zu vermiesen. Er folgte einer chinesischen Reisegruppe und nach 83 Stufen, die eine sehr enge, steile Treppe hinaufführten, trat er endlich wieder ans Tageslicht. Es dauerte, bis sich seine Augen an die Helligkeit gewöhnt hatten, dann sah er sich suchend um. Antoine sammelte gerade sein Trinkgeld von den Amerikanern und Japanern ein, die Italienerinnen sah er zur Metrostation *Alesia* gehen. Ihre Schuhe waren weiß bestäubt, seine ebenfalls. Christine sah er nirgends. Er ging zu Antoine und drückte ihm fünf Euro in die Hand. Sollte er ihn nach Christine fragen? Oder ob die Möglichkeit bestand, dass sich jemand dort unten verirrte? Aber Antoine hatte sich schon umgedreht und eilte davon, vermutlich zurück zum Eingang, um einen neuen Auftrag an Land zu ziehen. Wie viele Touren er wohl täglich machte? Wahrscheinlich erinnerte er sich nicht einmal an Christine, die sich ohnehin ständig von der Gruppe abgesondert hatte, als wäre es peinlich, dazuzugehören. Moritz versuchte noch einmal, sie per Mobiltelefon zu erreichen, aber es meldete sich nur eine weibliche Stimme, die verkündete, der Anrufer sei vorübergehend nicht erreichbar.

Er setzte sich ein Café, bestellte einen Pastis und tätigte drei weitere vergebliche Anrufe. War sie sauer auf ihn, wollte sie ihn schmoren lassen, ihm einen Schrecken einjagen? Oder war ihr etwas zugestoßen?

Er malte sich aus, wie er Christine bei der Polizei als vermisst melden würde, wie man sie suchen und vielleicht erst nach Tagen finden würde –hohlwangig und schmutzig durch das Labyrinth taumelnd, oder bereits verdurstet und verhungert ... Er verbot sich derlei Gedanken und setzte sich in die Metro. Bestimmt war sie schon im Hotel. Während der Fahrt dachte er über eine Scheidung nach.

Sie war nicht dort. Nur ihr Handy lag unter einer Bluse auf dem Bett, sie musste es heute Morgen dort vergessen haben. Wenn sie bis heute Abend nicht auftaucht, alarmiere ich die Polizei, beschloss Moriz.

Doch stattdessen aß er allein in einer Pizzeria zu Abend und ertappte sich bei dem Wunsch, es möge in Zukunft immer so sein. Während er eine Flasche überteuerten Merlot leerte, malte er sich sein künftiges Single-Leben aus und fand immer mehr Gefallen an der Situation. Leicht angetrunken kehrte er ins Hotel zurück, schaltete den Fernseher ein und zappte sich durch bis zum Pornokanal.

Am nächsten Tag beschloss er, gleich nach dem Frühstück, das er in einem nahegelegenen Café einnahm, zur Polizei zu gehen. Aber dann fand er sich plötzlich auf dem Friedhof von Montmartre wieder, der auch noch auf ihrem Sightseeing-Programm gestanden hatte. Er besuchte die Gräber von Heinrich Heine, Jacques Offenbach, François Truffaut, Émile Zola und Stendhal. Er überlegte, was er auf Christines Grabstein schreiben würde. Danach stieg er hoch zum Montmartre und setzte sich auf die Wiesen vor der Basilique Sacré-Cœur, die von erschöpften Touristen aller möglichen Nationalitäten bevölkert wurden. Er ließ sich von den Schaustellern unterhalten und genoss den weiten Ausblick über die Stadt. Bis lange nach Sonnenuntergang blieb er dort, dann aß er in einem kleinen Bistro in der Nähe des Künstlerdorfes zu Abend. In ähnlicher Weise verbrachte er die nächsten drei

Tage. Er kaufte sich Zeitungen und durchforschte mit seinen rudimentären Französischkenntnissen und einem Wörterbuch die Lokalteile auf der Suche nach einer Meldung über den Fund einer weiblichen Leiche in den Katakomben. Inzwischen war er überzeugt, dass sie tot war. Sollte man sie in den nächsten Tagen finden, würde er allerdings in Erklärungsnöte kommen, das wurde ihm langsam klar. Moritz überlegte. War es strafbar, wenn man seine Frau nicht vermisst meldete, weil man sie nicht vermisste?

Zumindest war es unterlassene Hilfeleistung. Er hätte sofort nach dem Verlassen der Katakomben nach ihr suchen lassen müssen.

Am Abend des fünften Tages ging er zur Polizei. Er gab an, er und Christine hätten sich heute Morgen vorübergehend getrennt – sie habe vorgehabt, ein bisschen zu shoppen, während er sich den Friedhof von Montmartre angesehen hätte. Im Hotel habe man sich dann wieder treffen wollen. »Aber sie ist nicht gekommen!«, rief er verzweifelt.

»Hat Ihre Frau ein Mobiltelefon?«

»Sie hat es leider im Hotel vergessen«, gestand Moritz.

»Wann sollte das Treffen im Hotel sein?«, fragte der junge Polizist. Er sprach ein recht gutes, verständliches Englisch.

»Vor drei Stunden, um fünf. Ich mache mir große Sorgen.«

Während Moritz Panik vortäuschte blieb der Polizist gelassen. »Drei Stunden erst? Monsieur, sie wird einfach die Zeit vergessen haben. Bestimmt ist sie in den *Galeries Lafayette* und amüsiert sich blendend, während sie Ihr Konto plündert. Sie wissen doch, wie das ist, wenn Frauen einkaufen.« Er erklärte, die Polizei könne erst etwas unternehmen, wenn Moritz seine Frau länger als 24 Stunden vermisse. »Aber bis dahin taucht sie bestimmt wieder auf, Monsieur Brunner«, meinte er voller Zuversicht.

Moritz verließ das Revier. Im Hotel bestellte er eine Flasche Wein. Dann warf er Christines Sachen in ihren Koffer und klappte ihn zu.

Vier Monate später stand ein schnauzbärtiger deutscher Kripobeamter vor der Tür ihrer Eigentumswohnung in der Südstadt Hannovers. Er teilte Moritz mit Bedauern mit, dass die Pariser Polizei die hiesigen Behörden darüber in Kenntnis gesetzt habe, dass Tags zuvor bei Bauarbeiten die Leiche seiner Frau in einem normalerweise verschlossenen Seitengang der Gebeinkammern in den Katakomben gefunden wurde.

»In den Katakomben?«, wiederholte Moritz mit entsetzt aufgerissenen Augen. »Aber ... aber sie wollte doch einkaufen.«

»Das kann sich die örtliche Polizei auch nicht erklären.« Der Schnauzbart blickte ihn fragend an.

Moritz, der diese Szene oft genug im Geist geprobt hatte, zuckte die Achseln. »Ich kann mir nur denken, dass sie ohne mich in die Katakomben wollte, weil ich an Platzangst leide.« Er machte eine Pause. »Aber wie kann das passieren? Ist es dort unten denn nicht gesichert?«, fragte Moritz erbost.

»Normalerweise wohl schon. Sie muss sich aus ungeklärten Gründen in diesen Seitengang verirrt haben und folgte ihm fast einen halben Kilometer, ehe sie in eine vier Meter tiefe Grube stürzte, aus der sie alleine nicht mehr herauskam. Sie hatte Rippenbrüche und eine Fraktur des linken Sprunggelenks. Es tut mir leid, Ihnen das sagen zu müssen, aber wahrscheinlich ist Ihre Frau dort unten verdurstet und verhungert«, erklärte der Beamte mit belegter Stimme.

Moritz starrte sein Gegenüber entsetzt an. »Aber sie muss doch um Hilfe gerufen haben!«

»Die Pariser Kollegen meinten, Schreie würde man dort unten nicht weit hören, wegen der schallschluckenden Beschaffenheit des Gesteins.« Der Beamte, sprach ihm noch einmal sein Beileid aus und wandte sich zum Gehen, während Moritz sagte: »Vielleicht wollte sie dort ihren Vorfahren nahe sein. Wissen Sie, sie war immer sehr stolz auf ihre französische Seitenlinie.«

Karlo muss sterben

Dass das Weihnachtsfest in diesem Jahr außergewöhnlich werden würde, schwante ihnen, nachdem sie Karlos Geschenk ausgepackt hatten: Es war eine Waffe und eine Schachtel mit Munition.

»Ist der echt, funktioniert der?«, fragte Ludmilla.

»Klar funktioniert *die*. Es ist eine Pistole, eine Walther P38.«

»Wozu soll die gut sein?«, erkundigte sich Goswin und betrachtete die Pistole interessiert.

»Ja, was soll das?«, wollte nun auch Renate wissen. »Hast du Schiss, weil sie neulich nebenan eingebrochen sind?«

»Lasst uns erst mal den Abend genießen, Freunde, dann erkläre ich es euch«, antwortete Karlo und setzte sich mit einer neuen Dostojewski-Ausgabe von *Verbrechen und Strafe* vors knisternde Kaminfeuer. Ludmilla nahm das mit rotem Samt ausgeschlagene Holzkästchen vom festlich gedeckten Tisch und stellte es auf die Anrichte, so vorsichtig, als könnte die Waffe bei der kleinsten Erschütterung von selbst losgehen. Was für eine geschmacklose Idee, eine Waffe zu Weihnachten! Sicher, Karlo war ein Exzentriker, aber das ging zu weit, dachte sie und hängte eine Weihnachtsbaumkugel um, wobei sie etwas von »gottverdammtem Engelshaar« murmelte.

Goswin legte Bachs Weihnachtsoratorium auf und ging auf die Terrasse, um eine zu rauchen. Karlo hatte ein striktes

Rauchverbot im ganzen Haus erlassen – was jedoch nicht galt, wenn er eine seiner Cohibas qualmte.

Wenig später kredenzte Renate ihre berühmte Ente mit Orangensauce, so wie jedes Jahr zu Heiligabend. Die Vierer-WG bestand seit acht Jahren und die kleine Wahlverwandtschaft pflegte mittlerweile ihre eigenen Traditionen. Eine davon war, dass man sich an Weihnachten aus vielerlei Gründen nichts schenkte: um der Konsumgesellschaft ein Schnippchen zu schlagen, um mit eingefahrenen Bräuchen zu brechen, aber auch, weil richtiges Schenken schwierig war und alle außer Karlo ohnehin ihr Geld zusammenhalten mussten.

Karlo hatte die Gründerzeitvilla in Waldhausen, einem der besseren Viertel Hannovers, von seiner Mutter geerbt. Als sich seine Sandkastenfreundin Renate scheiden ließ, und nicht wusste, wohin, schlug er ihr vor, in die Villa einzuziehen. »Eine WG – genau wie früher.« Ihr folgte nur einige Wochen später sein Kumpel Goswin, der mit seiner Handelsvertretung für Autofelle kurz vor der Pleite stand und seine große Wohnung in der List nicht mehr halten konnte. In das letzte freie Zimmer, Karlos ehemaliges Kinderzimmer, zog schließlich Renates Freundin Ludmilla ein, die es mit neunundvierzig Jahren und zehn Kilo Übergewicht aufgegeben hatte, noch einen Ehemann zu finden. Ihr Blumenladen war auch nicht gerade eine Goldgrube, und so nutzte sie die Gelegenheit, für wenig Geld in einer respektablen Umgebung und nicht allein leben zu müssen. Karlo verlangte nicht viel Miete von ihnen, Geld hatte er genug. Er komponierte Filmmusik, schaurige violinenlastige Stücke für *Pilcher*-Schmonzetten, *Das Traumschiff* und Ähnliches. Zum Glück tat er das in einem Studio auf dem Messegelände und nicht im Haus.

Die drei Zugezogenen wohnten im ersten Stock, Renate hatte das größte Zimmer mit dem Balkon, Ludmilla das kleinste. Für sich selbst hatte Karlo das gesamte Dachgeschoss ausbauen lassen, so dass er quasi über ihren Köpfen thronte. Die Verteilung der Zimmer spiegelte exakt die Hierarchie in der WG wieder. Die unteren Zimmer, der »Salon« mit der Flügeltür zur Bibliothek mit dem Kamin, das kleine Fernsehzimmer und die Küche bildeten die Gemeinschaftsräume. »Unsere Alters-WG«, hatten sie es anfangs scherzhaft genannt. Inzwischen hörte man den Ausdruck immer seltener. Damit es keinen Krach ums Putzen gab, kam zwei Mal die Woche eine Putzfrau, die von Karlo bezahlt wurde. Aber immer dann, wenn man sich gerade an sie gewöhnt hatte, hatte Karlo irgendetwas an ihrer Arbeit oder an ihrer Person auszusetzen, warf sie raus und stellte die nächste ein. Die jetzige hieß Irina und kam aus Serbien.

Die Ente war gelungen, wie immer, und Karlo langte herzhaft zu. Bei den anderen war der Appetit nicht ganz so groß. Alle drei schielten abwechselnd zu dem Kästchen auf der Anrichte hin, und im Grunde warteten sie nur darauf, dass Karlo endlich eine Erklärung dazu abgeben würde.

Das tat er schließlich auch, nachdem die Mousse au Chocolat verspeist war, und er allen ein Glas von seinem wohlgehüteten Glenmorangie eingegossen hatte, was mit der düsteren Prophezeiung, »den Drink werdet ihr gleich brauchen«, einhergegangen war. Er ließ die Flasche auf dem Tisch stehen und sagte lapidar: »Ich möchte, dass ihr mich umbringt.«

»Sehr witzig«, meinte Goswin gedehnt und unterdrückte nachlässig einen Rülpser.

»Im Ernst«, erwiderte Karlo, und fixierte der Reihe nach alle drei mit seinen blauen Gletscheraugen. Dann berichtete er, dass er vor zwei Wochen bei einem renommierten Neurologen gewesen sei, und der habe bei ihm einen inoperablen Gehirntumor diagnostiziert. »Ihr wisst doch, dass ich in den letzten Monaten dauernd diese Kopfschmerzen hatte.«

Daran erinnerte sich zwar niemand, weil sich alle angewöhnt hatten, wegzuhören, wenn Karlo über eine seiner Malaisen klagte, aber sie nickten.

Die Krankheit, so erläuterte Karlo, würde ähnlich verlaufen wie Alzheimer, nur schneller. Er würde nicht daran sterben, aber seine Erinnerungen würden nach und nach ausgelöscht werden, er würde seine Körperfunktionen nicht mehr beherrschen können und nach und nach immer mehr verblöden. »Und das alles innerhalb der nächsten zwei, drei Jahre«, schloss Karlo seinen Bericht.

»Das ist ja grauenhaft«, entfuhr es Ludmilla, und Goswin genehmigte sich noch einen Whisky auf den Schrecken.

Es hat sogar schon angefangen, fiel Renate ein. Oder war das nicht Karlos Lesebrille gewesen, die sie kürzlich im Kühlschrank gefunden hatte?

»Ihr könnt hoffentlich verstehen, warum ich diesem Schicksal einen baldigen und gnädigen Tod durch Freundeshand vorziehe«, sagte Karlo.

Die anderen musterten verlegen das vom Mahl bekleckerte Tischtuch. Um Karlos Platz herum sah es aus wie nach einem Rorschach-Test mit mehreren Versuchen, und Ludmilla fragte sich, ob Karlos Motorik bereits unter der Krankheit litt. Renate fand als erste die Sprache wieder: »Warum willst du uns zu Mördern machen? Warum begehst du nicht einfach Selbstmord?«

»Wegen der Lebensversicherung«, antwortete Karlo rundheraus. »Die zahlt nicht bei Selbstmord, wohl aber bei Mord. Ihr drei seid die Begünstigten. Mein Vorschlag ist: Derjenige, der die Tat ausführt, sollte die Hälfte bekommen, die anderen beiden je ein Viertel. Darüber müsst ihr euch vorher einigen – ich bin ja dann nicht mehr da.«

»Das ist doch Wahnsinn«, meinte Renate, und Ludmilla schüttelte so heftig den Kopf, dass ihr Dreifachkinn wie Götterspeise wackelte.

»Über welchen Betrag reden wir hier eigentlich?«, fragte Goswin.

»Achthunderttausend Euro.« Karlos Stimme klang wie die eines satten Bären. Er ließ die Zahl ein bisschen wirken, ehe er fortfuhr: »Die Versicherungssumme ist an Neujahr fällig. So lange habt ihr Zeit, sieben Tage. Passend dazu habe ich auch ein Testament gemacht, das bis zum 31.12. dieses Jahres Gültigkeit hat. Darin vererbe ich euch mein Haus zu gleichen Teilen. Sollte ich Silvester überleben, geht alles an meinen nichtsnutzigen Neffen.«

»Aber die Polizei würde uns als deine Erben doch sofort verdächtigen«, gab Ludmilla zu bedenken.

»Natürlich müssen die anderen beiden dem Täter ein wasserdichtes Alibi geben, dann können sie euch nichts anhaben – sofern ihr keine Spuren hinterlasst. Die Pistole muss selbstverständlich so entsorgt werden, dass man sie nie wieder findet. Sie ist übrigens nirgends registriert. Ihr könnt auch eine andere Methode wählen, nur bitte keine allzu brutale. Keine halben Sachen wie manipulierte Bremsen oder dergleichen. Es soll kurz und schmerzlos vonstattengehen, und effektiv sein, das verlange ich als euer Freund von euch.«

»Warum engagierst du dafür nicht einfach einen professionellen Killer?«, schlug Goswin vor.

»Ihr seid quasi meine Familie, ich möchte durch eure Hand aus dieser Welt scheiden. Weiß ich, ob ein Killer zuverlässig arbeitet? Und womöglich habt ihr dann keine Alibis für die Tatzeit und werdet für einen Mord zur Verantwortung gezogen, den ihr gar nicht begangen habt.«

»Sehr rücksichtsvoll von dir«, bemerkte Goswin. Er verzog seine dünnen Leguanlippen zu einem zynischen Lächeln, und Renate meinte mit vor Zorn bebender Stimme: »Karlo, ich habe so was von genug von deinen sadistischen Psychospielchen!« Sie reagierte stets sensibel auf das Thema Mord und Tod. Ihre beste Freundin Stephanie war Mitte der Siebziger nach einem Discoabend, den sie wegen eines dummen Streits vorzeitig verlassen hatte, erdrosselt in einem Waldstück aufgefunden worden. Die Tat war bis heute nicht aufgeklärt worden.

»Ja, das tust du doch nur, um uns den Heiligen Abend zu verderben!«, pflichtete Ludmilla Renate bei. Drei Jahre lang hatte sie Karlo bearbeiten müssen, um im Esszimmer einen geschmückten Christbaum aufstellen zu dürfen. »Aber nur mit elektrischen Kerzen, wegen der Brandgefahr!«, hatte der sich schließlich erweichen lassen. Seither schmückte Ludmilla den Baum jedes Jahr nach dem neuesten Floristen-Trend, aber stets ruinierte Karlo ihr Kunstwerk, indem er hinterher Unmengen von Engelshaar über die Zweige verteilte. »Das hat meine Mutter auch immer gemacht – wenn schon Tradition, dann richtig«, insistierte Karlo, während sich Renate und Goswin klammheimlich jedes Jahr über den haarigen Baum amüsierten.

»Freunde, ich zähle auf euch!« Karlo erhob sich und nahm den Glenmorangie mit hinauf in seine Gemächer, die die anderen nie betreten durften. Auf der Treppe drehte er sich noch einmal um: »Übrigens, ich habe Irina entlassen. Ich konnte es nicht mehr mitansehen, wie sie die Holzdielen unter Wasser setzt.«

Abgesehen vom Engelshaar hatte es Karlo sonst nicht so mit Haaren. Ludmilla hätte schrecklich gerne einen Hund oder eine Katze gehabt, aber Karlo hatte die Anschaffung eines Tieres stets vehement abgelehnt. »Keine Viecher – höchstens Fische!«, war bei Ludmillas Einzug eine seiner Bedingungen gewesen. *Wenn Karlo tot wäre*, dachte sie nun, *könnte ich mir endlich einen Hund anschaffen, einen Beagle vielleicht, oder einen Labrador.* Zwar mochte auch Goswin keine Hunde, aber mit dem würde sie schon fertig werden. *Und vom Geld der Versicherung könnte ich mir Fett absaugen lassen und einen großen Laden in einer Eins-a-Lage anmieten ...*

Wenn Karlo nicht mehr da wäre, dürfte man endlich überall im Haus rauchen, überlegte Goswin, den nach zwei Gläsern vom teuren Schotten die Lust auf eine Zigarette quälte. Er und Renate würden Ludmilla einfach überstimmen. Denn wenn Karlo tot wäre, würden hier endlich einmal demokratische Verhältnisse herrschen. Überhaupt wäre das Leben angenehmer und schöner ohne diesen Despoten, dessen Laune ständig zwischen großzügig-gönnerhaft und kleinkariert-autoritär oszillierte. Außerdem war zu bedenken, was geschehen würde, wenn man ihn nicht umbrächte: Sie hätten auf unbestimmte Zeit einen rasant verblödenden Diktator in der WG. Wer kann das schon wollen? Offenbar nicht einmal Karlo selbst. Ja, Karlo hatte völlig recht, besser ein schneller sauberer Abgang als eine lange Qual für alle Beteiligten. Goswin seufzte. Natürlich würde die Umsetzung des Mordplans an ihm hängen bleiben. Renate rastete schon aus, wenn im Fernsehen nur ein Grab gezeigt wurde, und Ludmilla war einfach zu blöd und zu weichherzig für so etwas. Es war ohnehin fraglich, ob die beiden die Nerven haben würden, ein Polizeiverhör durchzustehen. Und das würde nicht ausbleiben, sobald bekannt würde, wer von Karlos Tod profitierte. Das war das Risiko bei der Sache. Andererseits – ohne Risiko kein Gewinn. Und vierhunderttausend Euro ... Das Geld brächte die lang ersehnte Wende in sein trübsinniges, von beruflichen und privaten Misserfolgen gekennzeichnetes Leben. Goswin war einundsechzig, hatte einen Bauch, eine Glatze und Probleme beim Pissen – aber mit einem Porsche würden ihm die Blondinen, die mit ihren Proseccogläsern und Reitstiefeln samstags in der Markthalle standen, endlich Beachtung schenken. Ja, ein Porsche zog noch immer bei den Weibern, das hat er oft genug beobachtet.

Renate stand am Fenster ihres Zimmers und blickte hinaus in den dunklen Garten, der von keinem Silberstrahl erhellt wurde, denn es war Neumond. *Wenn Karlo tot wäre, könnte ich in das Dachgeschoss ziehen.* In den großzügigen Räumen würden ihre Möbel und Bilder Platz finden, die seit ihrer Scheidung in einer Scheune vor sich hin rotteten. *Und endlich wieder ein eigenes Bad! Was? Wie bitte? Bist du noch ganz bei Trost?* Die Gedanken hatten sie überrumpelt, einfach so, denn obwohl sie schon das größte Zimmer im ersten Stock hatte, kam sie sich dennoch manchmal vor wie ein Pensionsgast. Renate versäumte nicht, sich umgehend für ihre Impulse zu schämen. Nein, sie wollte sich nicht auf Karlos verrückte Idee einlassen, das alles war ohnehin sicher nur ein dummer Scherz von ihm. Er neigte zu geschmacklosen Späßen auf Kosten anderer. Und selbst, wenn es stimmte, wenn er wirklich todkrank war, nun, dann würden sie ihn eben bis zu seinem Tod pflegen. Das war doch schließlich die Idee dieser WG gewesen, oder hatte sie da etwas falsch verstanden? Füreinander da sein im Alter, sich zu helfen, solange es ging. Und nicht, sich gegenseitig umzubringen, um die Lebensversicherung zu kassieren. Eine gewaltige Summe, wieso hatte Karlo eine so hohe Lebensversicherung abgeschlossen? Diese posthume Fürsorge entsprach so gar nicht seiner Art, Karlo war ein Egoist reinsten Wassers. Man sollte vorsichtshalber nichts unternehmen, ehe man diese Versicherungspolice gesehen hatte … Erneut erging sich Renate in Selbstekel, als es an der Tür klopfte.

Ludmilla und Goswin schoben sich ins Zimmer. »Lagebesprechung«, sagte Goswin knapp.

Renate deutete stumm auf ihr Sofa, auf das Ludmilla wie ein Sack plumpste, Goswin, der Ludmillas körperliche Nähe stets mied, blieb stehen und stieß hervor: »Ich mache es. Ihr müsst mir nur ein Alibi geben.«

»Es ist völliger Wahnsinn, und das weißt du auch«, entgegnete Renate.

»Aber wenn es doch sein Wunsch ist. Findest du es humaner, ihn eines grausigen Todes sterben zu lassen?«, fragte Ludmilla, und es war reine Show, wie sie die Hände rang, während Renate registrierte, dass Ludmilla immerhin des Genitivs mächtig war.

»Ganz zu schweigen von der Hölle, die wir jetzt schon mit ihm haben«, ergänzte Goswin, der schon immer eifersüchtig auf den gutaussehenden, erfolgreichen Karlo gewesen war. »Außerdem – denk mal an das Geld. Du kannst es doch auch gebrauchen.«

Das war allerdings wahr. Renate, eine promovierte Germanistin, hangelte sich seit Jahren von einem Lektoratsjob zum nächsten. Eine schlecht bezahlte, anspruchsvolle Arbeit, die lediglich den Vorteil hatte, dass man sie zu Hause erledigen konnte. Ihre Rente würde mehr als mager ausfallen.

»Wer weiß, ob diese Versicherung überhaupt existiert«, gab sie zu Bedenken.

Ludmilla antwortete eifrig. »Doch, tut sie. Er hat die Police vorhin unter den Weihnachtsbaum gelegt.«

Renate verzog ihren wohlgeformten Mund.

Goswin erklärte: »Ich werde ihm auflauern und ihn erschießen, wenn er in der Eilenriede joggen geht. Ihr müsst der Polizei nur bestätigen, dass wir drei zusammen gefrühstückt haben, einverstanden?«

»Wieso macht er das eigentlich noch – ich meine joggen, wenn er eh sterben will und todkrank ist?«, wunderte sich die Kanapee-Walküre, die für Sport noch nie viel übrig gehabt hatte.

»Vielleicht, weil es ihm Spaß macht«, antwortete Goswin und fragte noch einmal: »Seid ihr damit einverstanden? Das Geld teilen wir so, wie Karlo es vorgeschlagen hat.«

»Okay«, sagte Ludmilla eine Spur zu schnell.

Renate nahm die Zigarettenschachtel vom Schreibtisch, und gerade so, als würden Karlos Gesetze ab sofort nicht mehr gelten, steckte sie sich eine Gauloise an. Sie nahm einen tiefen

Zug und blickte dann dem Rauch hinterher, wie es sonst nur Frauen in französischen Schwarz-Weiß-Filmen machen. Das war Goswin Antwort genug.

Am nächsten Tag fuhr er zum Steinbruch und probierte die Waffe aus. Sie funktionierte. Er war beim Bund ein guter Schütze gewesen und stellte jetzt fest, dass er es immer noch drauf hatte. Außerdem war es ein geiles Gefühl, endlich mal wieder eine Waffe in der Hand zu halten.

Der erste Weihnachtstag verstrich in angespannter Atmosphäre. Außer Karlo, der tat, als ob nichts wäre, ging jeder jedem aus dem Weg. Wenn sich Ludmilla, Renate und Goswin dennoch trafen, konnten sie sich kaum in die Augen sehen und unterhielten sich nur über Belangloses. Selbst die elektrischen Kerzen am Weihnachtsbaum blieben ausgeschaltet. Renate besuchte ihre Mutter im Altenheim und danach sogar ihre Schwester, obwohl sie deren lärmende Gören kaum ertragen konnte. Ludmilla verbrachte den Tag fernsehend in ihrem Zimmer. Nebenbei begann sie in ihren botanischen Nachschlagewerken über Giftpflanzen zu recherchieren. Falls Goswin versagen sollte – und das war zu erwarten, denn Goswin war der klassische Versager – würde sie eben Karlos Glenmorangie mit Bilsenkraut vergiften, obwohl das natürlich stark auf sie als Täterin hindeuteten würde.

Goswin dagegen belauerte Karlo vom frühen Morgen an auf Schritt und Tritt. Karlo schlief bis acht, ging dann Schneeschippen, hackte Holz, spazierte um den Maschsee und als es dämmerte, las er seinen Dostojewski am Kaminfeuer. Niemand wagte, sich ihm zu nähern, er hatte plötzlich die

Ausstrahlung eines fremden Tieres, von dem man nicht weiß, wie es auf Berührung reagieren wird.

Am späten Abend standen dann plötzlich Karlos Laufschuhe an der Garderobe – wie eine stumme Aufforderung.

Goswin rückte schon um sieben Uhr aus, um rechtzeitig zur Stelle zu sein und um möglichst ungesehen zu seinem Ziel zu gelangen. Aber unter der Mütze und mit dem Schal, den er bis über die Nase gezogen hatte, würde ihn ohnehin niemand erkennen. Unter den Lederhandschuhen trug er drei Lagen Einmalhandschuhe aus Silikon, wegen der Schmauchspuren. Er hatte im Steinbruch das Schießen mit den dick behandschuhten Händen geübt. Die alten Moonboots, die er trug, würde er hinterher wegschmeißen, falls die Polizei Spuren im Schnee finden sollte. Es hatte in den letzten Tagen immer wieder Schneefälle gegeben, und auch für heute waren Niederschläge angekündigt worden. Umso besser. Es war noch dunkel, und der Morgen war klirrend kalt. Der Schnee knirschte laut unter Goswins Sohlen. Niemand begegnete ihm, weder auf der Straße, noch in der Eilenriede. Er brauchte seine Taschenlampe, um an die Stelle zu gelangen, die er sich für seine Tat ausgesucht hatte. Sie lag östlich vom Messeschnellweg, in einem Abschnitt des weitläufigen Stadtwaldes, der wenig frequentiert wurde. Am Wegrand hinter einer Biegung gab es einen mannshohen Stapel aus abgesägten Baumstämmen, die schon so lange dort lagerten, dass sie bereits zu faulen anfingen. Goswin kannte Karlos Laufstrecke genau. Er hatte ihn ein paar Mal begleitet, jeder Meter eine Qual, und mit Karlos Tempo hatte er sowieso nicht mithalten können. Schließlich hatte er sich auf seinen empfindlichen Meniskus berufen und das Joggen wieder aufgegeben.

Er erreichte besagte Stelle, als es gerade zu dämmern begann. Die fahle Morgensonne beschien eine Winterlandschaft wie aus dem Bilderbuch. Die kahlen Äste des Mischwaldes waren weiß überzuckert, durch die frische Schneedecke zogen sich Spuren von Tieren. Frierend und auf der Stelle tretend, lauerte Goswin hinter dem Holzstoß, den Weg stets im Blick. Bis Karlo vorbeikommen würde, würde es bestimmt noch eine Stunde dauern. Hoffentlich waren bis dahin seine Finger nicht steifgefroren. Er musste auch dringend pinkeln, aber das ging jetzt nicht, wegen der DNA-Spuren, die er damit hinterlassen würde. Ein Motorengeräusch näherte sich. Goswin duckte sich tief hinter das Holz, und schon donnerte ein Trecker an ihm vorbei, der einen Schneepflug vor sich her schob. Während das Schneeräumen in der Stadt zum Ärger aller Bürger nur sehr schlecht funktionierte, waren die Wege in der Eilenriede stets penibel geräumt, was daran lag, dass hier im Wald nicht die Stadtreinigung, sondern das Forstamt für diese Aufgabe zuständig war. Lange hing der Dieselgestank des Treckers in der windstillen Luft. Goswin wurde davon ein bisschen übel, aber er ermahnte sich, durchzuhalten. Er dachte an seinen 944er Porsche, silbergrau mit schwarzen Ledersitzen. Oder doch lieber rot? Eine Krähe flog laut krächzend über ihm auf, er schrak zusammen. Herrgott, wann kommt endlich Karlo? Goswin war kein naturverbundener Mensch, sein Bedarf an Grün war mit ein wenig Schnittlauch in der Suppe vollends gedeckt, und so ein großer Wald hatte etwas Unheimliches, besonders, wenn man ganz alleine war. Hatte er nicht neulich in der Zeitung gelesen, dass in

Deutschland die Wölfe wieder auf dem Vormarsch waren? Er tastete nach der Pistole unter seiner Daunenjacke. Ein beruhigendes Gefühl, bewaffnet zu sein.

Da, was war das? Es knackte hinter ihm im kahlen Geäst, und ehe Goswin begriff, was los war, kam ein zottiges Tier auf ihn zu. Es blieb in zwei Metern Entfernung vor ihm stehen, offenbar genauso überrascht wie sein Gegenüber. Die Zunge, eingebettet zwischen gewaltigen Eckzähnen, hing ihm weit aus dem geöffneten Maul, der Atem ging hechelnd. Es war ein Rüde, was das Tier nun unter Beweis stellte, indem es den Holzstapel anpisste, sich umdrehte, noch einmal pisste. Von irgendwoher schallte ein Pfiff und dann ein Ruf: »Baaalduuu!« Oder so ähnlich.

Der Köter hatte seine Schrecksekunde überwunden, Goswin nicht. Der Hund war riesig, und jetzt näherte er sich schwanzwedelnd. Goswin mochte Hunde nicht besonders, und im Augenblick schon gar nicht. Er machte eine fuchtelnde Handbewegung. »Hau ab, du verdammter Köter«, zischte er, doch der Hund nahm die Worte offenbar als Aufforderung zum Spielen. Er streckte die Vorderpfoten aus, das Hinterteil in die Luft und schaute Goswin erwartungsvoll an.

»Baldur! Hiiier!«, schallte es streng durch den Wald.

»Hau, ab! Weg da!« Goswin deutete auf den Weg, von wo aus sich jetzt Baldurs Herrchen näherte. Hatte der Mann ihn schon gesehen? Instinktiv duckte sich Goswin wieder hinter den Holzstapel. Doch auch diese Geste interpretierte der Hund völlig falsch. Er leckte Goswin übers Gesicht, und dann besprang er ihn. Der Versuch, den schweren stinkenden Hund, der auf seinem Rücken hing und ihn mit den Vorderläufen umklammerte, abzuwehren, misslang. Im Gegenteil, der brünstige Baldur zog Goswin die Mütze vom Kopf, hechelte ihm in den Nacken und schlabberte ihm verliebt ins rechte Ohr, während sein Unterleib im schnellen Rhythmus einer Nähmaschine vor- und zurückzuckte.

Ein älterer Herr mit Raureif im Bart befreite Goswin schließlich unter tausend Entschuldigungen von seiner ungezogenen Bestie. Dann wünschte er Goswin noch schöne Weihnachten und zerrte seinen Köter, scheinheilige Beschimpfungen murmelnd, den Weg entlang davon. Unter anderen Umständen hätte Goswin dem Hundebesitzer gründlich die Meinung gesagt, so aber schlich er einfach nur gedemütigt nach Hause, nachdem er den kurz aufflammenden Gedanken, beide zu erschießen, verworfen hatte. Sein Mordplan und ihrer aller Hoffnung auf eine bessere Zukunft waren an einem notgeilen Köter gescheitert. Das durfte er Renate und Ludmilla auf keinen Fall erzählen. Er würde einfach behaupten, Karlo habe eine andere Strecke genommen. Goswin war fertig mit den Nerven, er bezweifelte, ob er im Stande wäre, in den nächsten Tagen einen weiteren Versuch zu unternehmen. Und wenn, dann bestimmt nicht im Wald.

Vor dem Haus standen zwei Streifenwagen und ein Fahrzeug der Kripo, erkennbar am aufgesetzten Blaulicht, das wie ein Pickel auf dem Dach des Passats prangte. Goswin erschrak. Waren ihm Renate oder gar Ludmilla zuvorgekommen? Oder hatten sie ihn verraten, wartete die Polizei auf ihn, den vermeintlichen Mörder? Wollten die zwei die Kohle alleine kassieren, während er lebenslänglich im Knast hockte? Noch während er zögerte, mit der aufsteigende Panik kämpfte, und sich nach einer Stelle umsah, wo er möglichst unauffällig die

Pistole loswerden konnte, öffnete sich die Haustür. Heraus kam Karlo, in Sakko und Handschellen, und wurde von zwei uniformierten Beamten zu einem der beiden Streifenwagen geführt. »Sorry, ich dachte, die Polizei macht auch mal Ferien«, sagte Karlo zu Goswin, der rein gar nichts verstand.

Goswin betrat das Haus, ging aufs Gästeklo, und versteckte die Pistole in dem kleinen Mülleimer unter dem Waschbecken.

Im Wohnzimmer waren zwei Männer in weißen Anzügen dabei – sie sahen aus wie die Spermien in Woody Allens Film *Was Sie schon immer über Sex wissen wollten* –, den Weihnachtsbaum abzuschmücken. Hauptsächlich, so bemerkte Goswin, interessierten sie sich für das Engelshaar.

»Und Sie haben sich nie gefragt, was aus diesen Putzfrauen geworden ist?«, fragte ein Mann in Zivil gerade Renate und Ludmilla, die beide blass und zitternd auf dem Sofa saßen.

»Nein. Er hatte immer was an ihnen auszusetzen und zu uns sagte er nur, dass er sie entlassen hätte.« Ludmilla bemerkte nun Goswin und rief: »Goswin, stell dir vor, der Kommissar sagt, Karlo hat alle unsere Putzfrauen ermordet, ihnen das Haar abgeschnitten, es weiß gefärbt und Jahr für Jahr über den Christbaum gehängt. Sieben Frauen!«

»Acht«, korrigierte Renate. »Der Mord an meiner Freundin Stephanie damals, das war auch er. Der Täter hatte ihr das lange blonde Haar abgeschnitten. Ich habe neulich bei einem Klassentreffen einen alten Freund wiedergesehen, der jetzt beim LKA arbeitet, und habe ihn gefragt, ob man den alten Fall nicht noch einmal mit den neuesten Methoden untersuchen könnte. Man hat damals ihre Kleidung aufbewahrt, und konnte jetzt noch, nach so vielen Jahren, DNA-Spuren sicherstellen. Kürzlich wurden alle Männer, die damals in Bothfeld gelebt haben, zur DNA-Probe gebeten, auch Karlo. Er muss gewusst haben, dass ihm nur noch wenige Tage bleiben, ehe sie ihn drankriegen.«

»Ach, deshalb ...«, begann Goswin und biss sich auf die Lippen.

»Ja? Was wollten Sie sagen?«, fragte der Kommissar.

»Nichts«, antwortete Goswin. »Er war ein bisschen sentimental die letzten Tage. Wir dachten, es liege an Weihnachten.«

Bestien

Der Besuch des Wisentgeheges bei Springe ist seit Generationen nahezu obligatorisch für Kinder aus Hannover und der Umgebung. Auch ich erinnere mich gut an die urigen Wisente, die Greifvögel und natürlich an die Wildschweine, die sich mit beneidenswerter Hemmungslosigkeit im Schlamm gewälzt hatten.

Der Tierpark war 1928 gegründet worden, um Europas größtes Säugetier, den Wisent, vor dem Aussterben zu bewahren. Da das Waldstück, in dem das Gehege lag, Saupark hieß, hatte sich dieser Begriff im Alltagsgebrauch durchgesetzt.

Auch unsere Fünfjährigen fanden sofort Gefallen an dem deftigen Wort und wollten unbedingt in den Saupark, nachdem meine Frau diesen Vorschlag gemacht hatte.

Mir graute davor. Um mich zu drücken, hätte ich meiner Frau die Wahrheit sagen müssen. Doch das war vollkommen unmöglich. Diese Wahrheit war etwas, das man mit ins Grab nimmt oder kurz vor seinem Tod einem Pfarrer beichtet, sofern man katholisch ist. Mir jedoch würde nie verziehen werden.

Es war 1982 und ich hatte Osterferien. Seit zwei Jahren war ich Mitglied bei der Deutschen Waldjugend, und nach dem langen Winter stand endlich wieder eine viertägige Freizeit auf der Hütte des Forstreviers Saupark an. Wir waren neun

Jungs und zwei Mädchen im Alter von acht bis zehn. Unsere Betreuer Jonas und Daniel waren gerade mal volljährig. Sie ließen uns Holz sägen, Lagerfeuer machen und hinter die Hütte pissen. Wir brauchten uns nicht zu waschen und aßen verkohlte Würstchen, abenteuerliche Eintöpfe und matschige Dosenravioli, Gerichte also, die wir zu Hause nicht angerührt hätten. Ich liebte diese Aufenthalte jedoch nicht nur wegen ihrer Zwanglosigkeit. Mit neun Jahren war mein Interesse an der Natur noch nicht von der Pubertät verdrängt worden, ich war gerne im Wald. Ich kannte die Bäume, die im Deister standen, alle dort vorkommenden Säugetiere und Vögel, und sogar die wichtigsten Insekten. Ich baute Nistkästen und konnte die Spuren des Wildes und dessen Hinterlassenschaften, die »Losungen«, zuordnen. Mit diesem Wissen fühlte ich mich wohl und sicher in dem, was ich als Wildnis empfand.

Max war zehn und mein bester Freund bei der Waldjugend. Manche hielten uns sogar für Brüder, weil wir uns ein bisschen ähnlich sahen. Wir trafen uns sonst nie, weil Max in Hannover wohnte und ich in Springe. Aber auch dieses Mal war die Vertrautheit zwischen uns vom ersten Moment an wieder da.

Was uns derzeit beschäftigte, waren die Wölfe, die es seit dem vergangenen Jahr im Wisentgehege gab. Natürlich hatten wir das Rudel längst besichtigt. Als Max mit seinen Eltern dagewesen war, hatten sie angeblich sogar geheult. Am Feuer sitzend malten wir uns aus, was geschehen würde, sollten die Wölfe aus ihrem Gehege ausbrechen. Wir hegten absolut keinen Zweifel daran, dass dies geschehen würde. So oft hatten wir davon geredet, dass der Ausbruch der Wölfe für uns zu einem Ereignis geworden war, dass so gewiss war wie der Tod. Es war lediglich eine Frage der Zeit.

Später, in der Hütte, berührten unsere Gespräche eine tiefere Ebene. Wir zählten uns, was uns während der Wintermonate des Getrenntseins widerfahren war. Max hatte eine Blinddarmoperation überstanden und seine Katze war vor seinen Augen von einem Laster überrollt worden. Dieses Ereignis schilderte er mir so detailgetreu, dass auch ich vor Ekel und Entsetzen fröstelte.

Dann war ich an der Reihe. Ich erzählte von Erik.

Wir wohnten damals in einer älteren Reihenhaussiedlung im Springer Ortsteil Völksen. Im Herbst war die alte Dame von nebenan gestorben und ich freute mich, als ich hörte, dass eine Familie mit einem Jungen meines Alters dort einziehen sollte.

Er sei etwas Besonderes, sagte meine Mutter, und sie hoffe, dass ich gut mit ihm auskäme. Das hätte mir schon verdächtig vorkommen müssen, denn ansonsten scherte sich meine Mutter wenig darum, wie ich mit den Jungs aus der Siedlung auskam.

Es war kurz nach Weihnachten, als ich auf die verschneite Terrasse trat und ihn im Nachbargarten stehen sah. Feine blonde Haare lagen flach auf einem langgezogenen Kopf und fielen ihm in die übermäßig hohe Stirn. Die rechte Schulter hatte er hochgezogen, die Unterarme angewinkelt und die Hände hingen schlaff herab, wie bei einem Hund, der Männchen macht. Seine Gesichtshaut war fahl und gräulich wie ein Schneemann im Frühjahr. Aus zusammengekniffenen Augen blickte er mich an. Sein linkes Auge schaute jedoch immer woanders hin als das rechte, was seinem Blick etwas Irres und Verschlagenes gab. Ich rührte mich nicht von der Stelle. Das ging ein paar Minuten so, dann kam eine Frau in den Garten und fragte, ob ich nicht rüberkommen und mit Erik spielen wolle. Ich wollte nicht. Ich behauptete, ich hätte keine Zeit, aber da kam meine Mutter herausgeschossen und sagte, ich habe sehr wohl Zeit, schließlich seien ja Ferien. Sie zog mich ins Haus und schob mich hinüber zu den Nachbarn, mit der Aufforderung, nett zu dem Jungen zu sein.

So begann mein Unglück.

Erik ging auf eine andere Schule als ich, aber kaum war ich zu Hause, lauerte er mir auf. Überfallartig störte er meine einsamen Spiele, unfähig zu verstehen, dass er unerwünscht war. Sobald ich mich im Garten aufhielt, stand er am Zaun und starrte mich aus schmalen Augen an, wobei seine linke Pupille sinnlos durch sein Auge irrlichterte, während ich so tat, als wüsste ich nicht, dass er da war. Niemand konnte so lange auf etwas starren wie Erik. Wenn ich sehr lange nicht reagierte, kam er näher und krächzte meinen Namen. Seine Stimme war heiser, die Worte purzelten unmoduliert und wie zerrissen aus seinem Mund, manchmal verfingen sich Sprachbrocken in seiner Kehle, die er herauswürgte wie Gewölle. Das machte Unterhaltungen mit ihm schwierig und unangenehm, auch wenn man sich mit der Zeit ein wenig daran gewöhnte und das meiste, was er sagte, sogar verstand.

Blieb ich im Haus, klingelte er spätestens um vier. Ich machte ihm nie auf, aber meine Schwester oder meine Mutter, ließen ihn herein und schickten ihn zu mir rauf. Mir blieb dann nichts anderes übrig, als sofort mit ihm rauszugehen, denn in meinem Zimmer wollte ich ihn auf gar keinen Fall haben. Ich wollte nicht, dass er meine Sachen anfasste oder auf meinem Bett saß. Manchmal stellte ich mich schlafend oder behauptete, ich sei krank, aber das funktionierte selten. In diesen Monaten wurde ich fast zum Musterschüler, denn nur wenn ich Schularbeiten machte, war ich einigermaßen sicher vor Erik.

Als der Frühling näher kam, spielte ich wieder mit den anderen Jungs aus der Siedlung in unserer Straße. Oft kam dann Eriks Mutter heraus, Erik im Schlepptau. Ob er mitspielen dürfe.

Die anderen rollten mit den Augen, ich traute mich nicht, Nein zu sagen, und schon stellte sich Erik an meine Seite, überlegen lächelnd, als hätte er ein Recht auf mich.

Ob ich ein wenig auf ihn achten könne?

Das hieß im Klartext, zu verhindern, dass ihn die anderen triezten, und außerdem dafür zu sorgen, dass er rechtzeitig sein Spray einatmete, falls er anfangen sollte, hektisch nach Luft zu schnappen. Das kleine weiße Plastikfläschchen hatte er immer bei sich, und einmal war ich dabei, als er es an den Mund hielt und zischen ließ.

Es kam vor, dass ich bei diesen Gelegenheiten nach kurzer Zeit Bauchschmerzen oder einen drückenden Schuh vortäuschte und nach Hause ging – gefolgt von Erik. Wütend verkroch ich mich dann in meinem Zimmer, während die anderen den Bach aufstauten oder im Wäldchen heimlich rauchten.

Einmal sagte einer der anderen Jungs etwas ganz Furchtbares: Er habe die ganze Zeit geglaubt, Erik wäre mein Bruder. An diesem Abend gestand ich meiner Mutter, wie sehr ich Erik hasste. Sie wurde böse. Sie sagte, ich solle froh sein, dass ich nicht so wäre wie Erik und dass ich einen ganz schlechten Charakter hätte. Was mir der arme Junge mir denn getan habe?

Auch bei meinem Vater stieß ich auf wenig Verständnis. Was mein Problem sei, ob ich etwa Angst vor ihm hätte? Der arme Junge könne doch nichts dafür.

Die Frage nach Eriks Schuld an seinem Schicksal stellte sich für mich nicht. Meine rhetorischen Fähigkeiten reichten damals jedoch nicht aus, um dies in Worte zu fassen. Erik war für mich kein moralisches Problem, ich wollte ihn einfach nur nicht um mich haben. Ich war überzeugt davon, dass von Erik irgendein böser Zauber ausging, und nur Erwachsene konnten so dumm sein, zu glauben, dass Erik keine Macht über mich hatte.

Denn er flößte mir sehr wohl Angst ein. Sein verkniffenes Starren, sein bedrohliches Blinzeln, die Laute, die er absonderte … Es war nicht die Sorte Angst, die ich vor den größeren Jungs hatte, die einem nach der Schule den Weg abschnitten, einen herumschubsten und Geld verlangten. Ich wusste, ich hatte von Erik keine körperlichen Verletzungen zu befürchten. Es war vielmehr die Art von Angst, für die es eigentlich keinen vernünftigen Grund gab. Die Angst, die ich auch vor finsteren Kellern hatte, vor Friedhöfen bei Nacht oder vor den steinernen Gargoyles, die vor dem Portal einer alten Villa hockten, die auf meinem Schulweg lag.

Natürlich besaß Erik nicht den Scheußlichkeitsfaktor einer platt gefahrenen Katze, und so war ich nicht sicher, ob es mir gelingen würde, meinem Freund Max verständlich zu machen, wie sehr Erik mir mein Leben verdarb. Im Geheimen befürchtete ich, er würde reagieren wie meine Eltern. Aber Max war ein Mittelstandskind wie ich, mit ähnlichen Ritualen, Vorlieben und Abneigungen. Auch er wurde von allem abgestoßen, was nicht der Norm entsprach oder dem, was wir als unsere Normen definierten. Dazu kam, dass ich Eriks Aussehen vermutlich um einiges bizarrer geschildert hatte, als es eigentlich war, denn so hässlich, wie ich es damals empfunden hatte, konnte er gar nicht ausgesehen haben. Meine Mutter hatte ich jedenfalls bisweilen über ihn sagen hören, er wäre ›eigentlich ein ganz hübscher Junge‹.

Am zweiten Tag unserer Waldfreizeit eröffnete uns Jonas, dass wir Besuch bekommen würden. Eine Gruppe von irgendeiner christlichen Organisation, deren Namen zu merken ich mir keine Mühe machte. Die Kinder würden in der Hütte schlafen, wir sollten unsere Jurte aufstellen. Das taten wir mit Begeisterung. Die Jurte war ein großes, rundes Zelt aus sehr dickem Tuch, das einem Indianerzelt nachempfunden war und oben in der Mitte aufgeklappt werden konnte. So war es möglich, darin ein kleines Lagerfeuer zu machen und nachts die Sterne zu sehen.

Meine Beschreibung von Erik war anscheinend doch nicht allzu übertrieben gewesen. Ich war noch dabei, den Boden der Jurte mit einem Handfeger auszukehren, da stürzte Max herein. Seine Miene war eine Mischung aus Entsetzen und geheimer Freude.

»Er ist da. Der Typ, der dich verfolgt. Er ist gerade angekommen!«

Verfolgt. Max hatte meine Gefühlslage genau getroffen. Ich fühlte mich von Erik verfolgt. Denn er war es tatsächlich. Die neue Gruppe bestand aus zehn Kindern, von denen vier oder fünf ähnliche Defizite hatten wie Erik. Doch keiner war in meinen Augen so grauenvoll wie er.

Wir überlegten, wie ich es anstellen könnte, mich vor ihm zu verstecken, kamen aber zu dem Ergebnis, dass das unmöglich war. Max erwog eine Verkleidung, aber auch dieser Plan scheiterte. Ich verkroch mich in der Jurte, aber zum Mittagessen – Gulaschsuppe aus einem Kessel, der stilecht über dem Lagerfeuer hing – holten mich Daniel und Jonas heraus. Ich hätte schon nachweislich todkrank sein müssen, um im Zelt bleiben zu können. Die neuen Kinder hockten im Halbkreis um das Feuer, und ich dachte in meiner Verzweiflung, wenn ich Erik genau gegenüber säße, dann wäre der Kessel im Weg, dann sähe er mich vielleicht nicht, und ich müsste ihn nicht ansehen. Ich war überzeugt, mir würde schlecht werden, wenn ich ihn ansähe. Sein Auftauchen hier, in meinem Refugium, hatte mich bis ins Innerste erschüttert.

»Er hat dich gesehen«, wisperte Max neben mir. »Schau bloß nicht hin!«

»Was macht er?«

»Er grinst. Oder so was Ähnliches.«

Ich ließ den Kopf unten, doch ich sah seine Schuhe, seine gekreuzten Beine in den braunen Cordhosen, und ich hatte das Gefühl, dass sein Blick auf mir ruhte, trotz des Kessels, der zwischen unseren Köpfen schwebte.

Die Christengruppe – Max und ich nannten sie »die Fremdlinge« – hatte zwei weibliche Betreuerinnen, etwas älter als Jonas und Daniel. Vermutlich waren es ausgebildete Erzieherinnen.

Ab sofort pfiff ein anderer Wind im Saupark. Wir mussten vor dem Essen singen und beten und durften nicht mehr rülpsen.

Erik schien nicht überrascht zu sein, mich zu sehen. Als er sich vor dem Kessel zum »Essen fassen« anstellte, bedachte er mich lediglich mit jenem besitzergreifenden Lächeln, das er auch zeigte, wenn er mich über den Maschendraht hinweg beobachtete.

Am Nachmittag hängte unsere Gruppe im Wald Nistkästen auf, während die Fremdlinge spazieren gingen und Holz sammelten. Ein paar Stunden Gnadenfrist!

Am Abend wiederholte sich das Spiel mit dem Kessel am Lagerfeuer. Nach dem Essen spielten die Betreuerinnen Gitarre, dazu wurden erneut christliche Lieder gesungen, auf deutsch und englisch, was uns ziemlich anödete. Max und ich täuschten Müdigkeit vor und verzogen uns frühzeitig in die Jurte. Ich war so froh, dass ich Max dabei hatte! Er wirkte wie ein Schutzschild gegen Erik, denn bis jetzt hatte der sich nicht in meine Nähe gewagt. Was wohl auch an unseren geschickten Ausweichmanövern lag. Max behielt Erik stets im Auge und berichtete mir, was er gerade machte. »Feindbeobachtung« nannten wir das. Der Ausdruck klang militärisch und kriegerisch, und wir benutzten ihn von nun an ständig.

In dieser Nacht träumte ich von Wölfen und den Szenarien, die wir uns für den Fall ihres Entweichens ausgemalt hatten: massenhaft gerissene Schafe und Rinder, Wanderer und Jogger mit zerbissenen Kehlen, ein veritables Blutbad im Waldkindergarten ... Dazwischen träumte ich, dass Erik in unser Zelt käme und grinsend vor meinem Bett stünde. Ich schreckte hoch, vielleicht habe ich sogar geschrien. Aber ich sah nur den funkelnden Sternenhimmel durch die Öffnung der Jurte und hörte das leise Schnarchen meiner Kameraden. Das war alles. Kein Erik. Dennoch war ich heilfroh, als die Sterne verblassten und die ersten Vögel den Morgen herbeizwitscherten. Noch zwei Tage ... Wie sollte ich die überstehen?

Max und ich haben uns aus den Augen verloren. Ich kann mich auch nicht mehr daran erinnern, ob und wie wir uns nach diesen Tagen im Wald voneinander verabschiedet haben. Ich glaube, es gab gar keinen Abschied. Wahrscheinlich holten uns unsere Eltern ab und jeder von uns sprang ins Auto und fuhr davon. Auf keinen Fall gab es eine Absprache oder gar einen Schwur, über das Vorgefallene zu schweigen. Das verstand sich von selbst.

Jahre danach stand sein Name in der Zeitung. Er gehörte zu den Besten seines Abiturjahrgangs und wurde bei einem Empfang im Neuen Rathaus Hannover geehrt. Er gab an, Medizin studieren zu wollen.

Ich hatte kein Einser-Abi, ich studierte BWL und bekam einen Job bei einer Hannoverschen Versicherung. Max lief mir nie über den Weg, vermutlich hatte er längst die Stadt verlassen. Erst nach der Jahrtausendwende las ich wieder von ihm in der Zeitung. Nach längerem Aufenthalt in den USA kam er zurück an die Medizinische Hochschule Hannover, wurde Professor und übernahm dort eine eigene Abteilung. Er war verheiratet, von Kindern stand nichts in dem Artikel.

Von da an las man häufiger über ihn und seine wissenschaftlichen Großtaten in der lokalen Presse. Vor zwei Jahren bekam er das Bundesverdienstkreuz verliehen und ich überlegte, ob ich ihm gratulieren sollte. Aber ich ließ es dann doch sein. Obwohl wir beide in derselben Stadt wohnten, begegneten wir uns nie.

Ich heiratete eine Frau aus meiner Firma, sie war vier Jahre älter als ich und bezeichnete sich selbst als Karrierefrau. Sie wollte ganz bestimmt keine Kinder, darin waren wir uns einig. Aber dann waren plötzlich Zwillinge unterwegs. Ich konnte mich nicht auf sie freuen. Ich hatte zu große Angst. Auge um Auge ...

Aber falls es einen Gott gibt, geht der natürlich viel subtiler vor. Er beschämt mich jeden Tag durch das Geschenk dieser beiden wohlgeratenen, gesunden Kinder, die ich nicht wollte und die ich erst recht nicht verdient habe.

Auch die folgende Nacht war sternklar, und über dem Deisterkamm hing der volle Mond wie ein großer Lampion. Die Wanderung durch den nächtlichen Wald war immer der Höhepunkt unserer Freizeiten. Max und ich funzelten mit unseren Taschenlampen herum. Ich hatte zu Weihnachten eine echte *Maglite* bekommen. Der Wald hatte tausend Geräusche. Zweige knackten, Laub raschelte, hin und wieder schrie ein Tier. Die silbernen Stämme der Buchen sahen im Mondlicht aus wie Elefantenhaut, Baumstümpfe nahmen die Formen von Ungeheuern an. Eine Fledermaus kreuzte in irrem Zickzackflug den Lichtkegel meiner Lampe.

Von den Fremdlingen waren nur vier mitgekommen, darunter Erik. Auch eine der Betreuerinnen, die Hübschere, war dabei. Sie blieb die ganze Zeit zwischen Jonas und Daniel. Vielleicht war ihr der dunkle Wald nicht ganz geheuer oder es lief etwas mit einem der beiden Jungs. Ihre Schützlinge stolperten dicht hinter dem Führungstrio durch die Nacht. Max und ich bildeten die Nachhut. Die Feindbeobachtung ergab, dass sich Erik immer mehr zurückfallen ließ, und schließlich ging er neben mir auf dem breiten Forstweg. Ich tauschte die Spur mit Max. Aber das nützte nichts, wenig später war Erik hinter mir.

Max wandte sich abrupt um. »He, du! Weißt du eigentlich schon, dass es hier im Wald Wölfe gibt?«

Erik betrachtete Max mit einem Ausdruck, den ich als Verwunderung deutete.

»Die sind ausgebrochen, es stand in der Zeitung. Sie können überall sein. Weißt du, wie Wölfe jagen?«

Erik würgte ein Nein aus seiner Kehle. Er schien erfreut zu sein, dass wir uns mit ihm unterhielten. Eigentlich redete fast nur Max, ich bekräftigte lediglich seine Aussagen. Max schilderte, wie das Wolfsrudel Beute machte, indem es zuerst unbemerkt die Herde von allen Seiten einkreiste, dann ein schwaches Tier von den anderen absonderte und dieses schließlich angriff.

»Und wenn die Hunger haben, dann fressen die alles. Auch Menschen!«

Erik schüttelte den Kopf. Er war nicht dumm, auch er hatte schon über die Lebensgewohnheiten von Wölfen gelesen oder davon gehört. Aber natürlich kannte auch er das Märchen von Rotkäppchen und dem bösen Wolf …

»Doch, das stimmt«, sagte ich. »Auch Menschen. Die sind leichte Beute. Wölfe wittern einen Menschen kilometerweit.«

Der Weg machte einen Knick. Trotz der Dunkelheit wusste ich, wo wir waren. Nach der nächsten Biegung würden wir die hohe Steinmauer sehen können, die das Wisentgehege umgab. Im letzten Sommer, als die Sache mit den Wölfen brandneu gewesen war, hatten wir schon einmal eine Nachtwanderung hierher gemacht. Jonas hatte ein Wolfsgeheul angestimmt, und nach einigen Versuchen hatten die Wölfe tatsächlich geantwortet. Obwohl wir die Tiere sicher hinter der Mauer in ihrem Gehege gewusst hatten, war die Sache ausgesprochen gruselig gewesen.

Erik war nervös, er warf den Kopf hin und her und zerrte an seiner Jacke. Irgendetwas fiel auf den Boden, aber ich kümmerte mich nicht darum. Er war jetzt in der Wildnis und für sich selbst verantwortlich, genau wie wir. Vergnügt und mit einer Spur Sadismus lauschte ich der Rede von Max, der gerade zur Hochform auflief: »Sie sind so unheimlich, so leise, und so hinterhältig. Du merkst gar nicht, dass sie sich angeschlichen haben, aber dann, wenn du einen von ihnen siehst, dann ist es zu spät ....« Max hielt inne, denn plötzlich hörten wir ein langgezogenes Heulen. Wir blieben wie erstarrt stehen. War das Jonas gewesen? Ich bemerkte erst jetzt, dass wir ein gutes Stück hinter den anderen zurückgefallen waren.

Dieses Mal dauerte es nicht lange, bis die Wölfe antworteten. Vielleicht lag es am Vollmond. Schlagartig setzte ein mehrstimmiges Heulen, Jaulen, Klagen und Bellen ein. Es klang schön und schaurig zugleich, und mir stellten sich die Nackenhaare auf. Für einen Moment vergaß ich Erik und berauschte mich am Gesang der Wölfe, vor meinem inneren Auge dehnten sich sibirische Steppen, kanadische Wälder, afrikanische Wüsten ...

»Die Wölfe. Sie sind da«, flüsterte Max. Aufs Geratewohl leuchtete er ins Dickicht neben dem Weg, als wollte er sie suchen. Und dann blieb uns fast das Herz stehen. Ein Paar leuchtende Augen reflektierten das Licht der Taschenlampe. Ich erkannte im Bruchteil einer Sekunde, dass es sich unmöglich um einen Wolf handeln konnte, dafür waren sie zu nah am Boden und der Augenabstand zu eng. Es war ein Fuchs oder ein Steinmarder, der raschelnd vor uns floh. Ich kicherte erleichtert, aber Max stieß mich in die Seite und leuchtete auf Erik. Auch er hatte die Pupillen im Gebüsch aufleuchten sehen. Seine Augen, sonst immer zusammengekniffene Schlitze, waren jetzt weit aufgerissen. Er schnappte nach Luft, röchelte und nestelte an seiner Jacke herum. Ich wusste, was er suchte.

Man könnte sagen, dass es ein Unfall war, dass wir nichts dafür konnten. Kinder eben. Waren wir verantwortlich, wenn sich ein asthmakrankes Kind auf einer Nachtwanderung zu Tode erschreckte, während seine Betreuerin mit einem Achtzehnjährigen flirtete?

Aber so war es nicht.

Denn da war dieser Moment, in dem Max und ich uns ansahen, für ein, zwei Sekunden. Max' Augen glänzten, und ein kleines Lächeln spielte um seinen Mund, das ich erwiderte. War uns bewusst, dass wir etwas Böses taten? Ich denke schon. Wir empfanden zwar keinen Triumph, wir waren eher verwundert darüber, dass sich ein vager, nie ausgesprochener Plan in ein konkretes Ereignis verwandelte, aber wir wussten sofort, dass dies einen Höhepunkt in unserem bisherigen Leben darstellte. Einen Ausweg hätte es zu diesem Zeitpunkt ohnehin nicht mehr gegeben, aber ihn zu wählen wäre uns auch nicht in den Sinn gekommen. Wie auf ein stummes Kommando rannten wir los, den anderen hinterher. Ließen Erik zurück, mit seiner Angst, seiner Atemnot, seinem Todeskampf. Ich weiß nicht, wie lange es gedauert hat.

Einige Wochen nach unserem Besuch im Saupark mit den Kindern reichte mir meine Frau beim Frühstück einen Zeitungsartikel über den Tisch mit den Worten: »Mein Gott, wie grässlich!«

Ein vierzigjähriger Mann war auf die Holzbrücke am Rand des Wolfsgeheges gestiegen, von der aus man einen guten Ausblick über den Bereich hat, den sich das Rudel europäischer

Wölfe mit dem Braunbären teilt. Aus bisher unerfindlichen Gründen – Absicht oder Unfall? – stürzte der Mann in das Gehege hinab. Er überlebte den Sturz mit einigen Brüchen. Laut Augenzeugen reagierten die Wölfe eher zurückhaltend auf den verletzten fremden Menschen in ihrem Territorium. Es war der Braunbär, der dem Mann binnen weniger Sekunden tödliche Verletzungen beibrachte.

Den Namen des Toten, Max Brüggemann, nannte die Zeitung erst am nächsten Tag. Aber ich hatte sofort gewusst, um wen es sich handelte. Der »Unfall« geschah nämlich auf den Tag genau dreißig Jahre nach Eriks Tod.

Autorenplage

»Sieh mal, Schatz, es gibt diese Woche Autorenlesungen!« Verzückt betrachtete Elli das Plakat, das am Eingang zum Restaurant hing.

Ich kannte meine Frau schon zu lange, als dass sie mich hätte täuschen können. Schlagartig wurde mir klar, warum wir ausgerechnet in dieser Woche nach Bad Ragaz ins Schlosshotel fahren mussten, denn es waren nicht die *Autoren*, sondern ein ganz bestimmter Autor, der sie so in Begeisterung versetzte: Raoul Perrier. Sein Buch hatte neulich auf Ellis Nachtschränkchen gelegen, und ich hatte mir den Namen gemerkt, weil ich mir noch dachte, was das wohl für ein Typ sei, der sich nannte wie ein Fußballer und ein Mineralwasser. An den Titel seines Werks erinnerte ich mich nicht mehr, nur, dass es ein Krimi war und dass Elli das Buch verschlungen hatte. Was noch nichts über die Qualität aussagte, denn Elli las viel und schnell und war leicht zu unterhalten. Und jetzt gab es also Krimilesungen im Schlosshotel. Das hatte es damals noch nicht gegeben, als wir hier vor zwanzig Jahren unsere Flitterwochen verbrachten.

Elli tat also überrascht, aber ich wusste natürlich, dass sie längst über das Kulturprogramm des Hotels im Bilde war, vermutlich hatte sie es aus dem Internet. Und so war es nicht verwunderlich, dass ihre erste Frage an die reizende Dame hinterm Tresen der Rezeption war, ob denn die Autoren auch schon im Hotel wären. Ein glückliches Lächeln glättete ihre nicht mehr ganz jungen Gesichtszüge, als ihre Frage bejaht wurde.

Wir hatten dasselbe Zimmer wie immer, Zimmer 6 im Schloss. Beim Auspacken sah ich, dass Elli ganz *zufällig* Raoul Perriers Bücher dabeihatte, vermutlich, um sie signieren zu lassen. Es waren zum Glück nur drei, mehr hatte der Autor noch nicht geschrieben. Ein »vielversprechendes junges Talent« hatte ihn Elli genannt, das wusste ich noch.

Während ich mich in der Wellness-Oase entspannte und von der langen Fahrt von Hannover bis hierher erholte, machte sich Elli schick für das Abendessen. Ich allerdings erntete vorwurfsvolle Blicke, weil ich erst um halb acht aus der Sauna kam.

Es war peinlich, wie Elli im Restaurant ständig um sich blickte und schließlich den Kellner nach dem Tisch der Autoren fragte. Die Künstler säßen im Nebenraum, hieß es. Es gab Unstimmigkeiten zwischen meiner Frau und mir, denn Elli wollte rüber und nur mal guten Abend sagen, und ich sagte, ich würde das Abendessen auf dem Zimmer fortsetzen, falls sie so etwas Peinliches tun und die Leute beim Essen stören sollte.

Aber nach dem Dessert war Elli nicht mehr zu halten. Sie verschwand nach nebenan und kam erst nach einer Viertelstunde wieder. Aber nicht allein, sondern in Begleitung eines zauseligen Menschen, den sie mir stolz als Raoul Perrier, den neuen Stern am Literaturhimmel, vorstellte. Sie bat ihn an unseren Tisch und rief hektisch nach dem Kellner, um noch einen halben Liter Roten zu bestellen. Der Autor und ich gaben uns die Hand. Ein Händedruck wie eine Rohrzange, und von einem *jungen* Talent konnte auch nicht mehr die Rede sein. Über vierzig war der Kerl allemal, wenn nicht sogar fünfzig, so alt wie Elli und ich. Seinem dicken Pullover entströmte ein muffiger Geruch und für meinen Geschmack hätte er sich ruhig mal wieder rasieren können. Na ja, Künstler …

Der Abend war gelaufen. Elli redete fast pausenlos auf den Mann ein, wie spannend und amüsant sie seine Bücher gefunden hatte, und dass sie schon wahnsinnig gespannt sei, was er hier vorlesen würde. »Was, einen Krimi extra fürs Schlosshotel?« Diese Aussicht ließ ihre Augen leuchten. »O, bitte, bitte, lassen Sie mich und Olaf auch darin vorkommen, und wenn's nur eine klitzekleine Nebenrolle ist!«

Mir war das unendlich peinlich, ich sagte: »Nur über meine Leiche«, was den Zausel zum Grinsen veranlasste und Elli, die nicht mehr ganz nüchtern war, quiekte vor Vergnügen wie ein Ferkel. Zum Glück waren nicht mehr viele Gäste im Lokal, die anderen beiden Autoren hatten sich schadenfroh grinsend an uns vorbeigedrückt und amüsierten sich wahrscheinlich prächtig über uns an der Bar.

Am nächsten Tag bummelten Elli und ich durchs Dorf. Es galt, Devisen zu beschaffen und der Wechselkurs verursachte mir Magenschmerzen. Ich kaufte eine Zeitung und wir setzten uns ins Café Jacob. Wir bestellten heiße Ovo, ich vertiefte mich in den Wirtschaftsteil der NZZ, als ich Elli etwas von Perrier wispern hörte. Ich sagte, ich wolle jetzt kein Wasser, aber dann kapierte ich und riss die Zeitung in die Höhe, um uns dahinter zu verschanzen. Elli rang die Zeitung nieder, doch der Autor hatte uns ohnehin schon entdeckt. Er fragte, ob es recht wäre, wenn er sich zu uns setzte, dabei saß er bereits.

Und schon ging es wieder los. Elli bestürmte den Mann mit Fragen: »Woher nehmen Sie Ihre Ideen, wie lange schreiben

Sie an einem Buch, wie sind Sie zum Schreiben gekommen?« Dem Gefragten schien das nichts auszumachen, im Gegenteil. Er erklärte Elli, wie er seine Figuren entwarf und seine Plots und es wurde später Nachmittag, bis wir endlich wieder aus dem Café herauskamen. Der Autor begleitete uns bis ins Hotel. Etwas später lag ich in der finnischen Sauna und Elli und Perrier hockten in der Dampfsauna und redeten über Ellis Schreibversuche.

Als sie mir beim Abendessen voller Freude mitteilte, dass er sich angeboten hatte, ihre Texte mal zu lesen, wusste ich, dass mit dem Mann etwas nicht stimmen konnte. Hatte er etwa ein Auge auf meine Elli geworfen? Ich beobachtete die Sache ab jetzt mit einem gewissen Misstrauen. Gelegenheiten dazu gab es genug. Egal, wohin wir gingen, was wir auch unternahmen – es dauerte nicht lange, und der Autor tauchte auf. Er wanderte mit uns am Rhein entlang, spazierte ununterbrochen auf Elli einredend durch den Giessenpark, er bestaunte mit uns den Käsefondue-Automaten vor einem Käseladen und Elli und ich hingen noch keine zehn Minuten an den Massagedüsen der Taminatherme, da pflügte sein zotteliger Wolpertingerschädel durchs Becken, und schon erzählte er Elli und mir lang und breit, wie seine Figuren während des Schreibens eines Romans ein Eigenleben entwickelten.

Gequirlte Kacke, dachte ich finster und ließ mich resigniert ins warme Wasser gleiten.

Ich merkte rasch, dass es nichts Erotisches war, was da ablief zwischen Elli und ihm. Es kam mir vielmehr so vor, als ob er sich in ihrer Bewunderung sonnte und aalte, ja, er schien geradezu süchtig danach zu sein.

Mit der Zeit lernten wir alle Facetten seines mühseligen Autorenlebens kennen: Die Angst vor der Schreibblockade, das Unverständnis der Lektoren, die miese Bezahlung und wie ihn die Wankelmütigkeit der Leser doch kränkte. Denn er verfolgte uns regelrecht. Im Hotel konnten wir kaum einen Schritt aus dem Zimmer tun, schon schoss er herbei wie ein Schachtelteufel. Er tauchte wie ein böser Geist aus dem Nebel der Dampfsauna, er erschien pünktlich wie eine schweizer Uhr zum Nachmittagskaffee, erleistete uns ab sofort beim Abendessen Gesellschaft, zitierte aus seiner Fanpost oder verriet uns, ganz exklusiv und im Vertrauen, seinen nächsten Plot.

»Wahrscheinlich bist du sein einziger Fan«, lästerte ich Elli gegenüber. Hatte ihn Elli anfangs noch vehement verteidigt – »Denk doch, was für einen einsamen Beruf er hat. – Er ist eben froh, eine verwandte Seele getroffen zu haben« – und seine Gesellschaft gesucht, so musste auch sie inzwischen zugeben, dass Raoul Perrier ganz schön anstrengend sein konnte.

Selbst grobe Unhöflichkeiten meinerseits prallten an ihm ab, im Gegenteil, er schien es sich zur Aufgabe gemacht zu haben, mich seiner Fangemeinde einzuverleiben.

Kurz gesagt, der Autor wurde zur Plage.

Um ein deutliches Zeichen zu setzen, blieb ich seiner Lesung am Mittwochabend demonstrativ fern und bat auch Elli, wegzubleiben, aber natürlich brachte sie es nicht übers Herz.

Später, beim Essen, sagte er, er würde die Lesung morgen nach dem Frühstück für mich ganz privat wiederholen. Ich verlor die Nerven und schleuderte ihm entgegen, wie sehr ich Krimis verabscheute. (Was gar nicht stimmte, aber ich war verzweifelt.) Das sei doch keine ernstzunehmende Literatur, schrie ich, und dass er mir inzwischen so was von auf den Sack ginge ...

Er blieb ganz ruhig, was ich wiederum bemerkenswert fand. Meinte sogar, dass er Leute bewundern würde, die kein Blatt vor den Mund nähmen, Harmonie würde ohnehin total überschätzt. Und er drohte mir an, mich vom Gegenteil zu überzeugen, zumindest was seine Werke betraf.

Ich überließ Elli ihrem Schicksal und betrank mich an der Bar mit Gin-Tonic, und nach dem dritten beschloss ich, dass es so auf gar keinen Fall weitergehen konnte.

Für den nächsten Tag hatten Elli und ich eine Wanderung zur Taminaschlucht geplant. Gleich nach dem Frühstück sollte es losgehen. Doch leider verspürte Elli ein Unwohlsein. »Irgendwas war im Müsli, das schmeckte heute ganz anders als sonst.«

Sie zog es vor, sich nicht allzu weit von der nächsten Toilette zu entfernen.

»Aber geh du ruhig, du musst nicht hierbleiben, nur weil ich mir den Magen verdorben habe«, sagte sie tapfer – und verschwand erneut im Badezimmer.

Es tat mir im Herzen weh, dass ich ihr die Abführtabletten ins Birchermüsli hatte mischen müssen, aber meine Mission verlangte nach Opfern, und bei dem, was ich vorhatte, konnte ich keine Zeugen gebrauchen, nicht einmal die eigene Frau.

Es war ein sonniger Februartag und wie geschaffen für eine kleine Wanderung. Ich verließ das Hotel und merkte rasch, dass er mir folgte. Also verlangsamte ich meine Schritte.

»Na, so ein Zufall. Ich glaube, wir haben dasselbe Ziel«, sagte er, und ich nickte nur.

Er fragte nicht nach Elli sondern ging neben mir her und dozierte pausenlos über die zeitgenössische Kriminalliteratur. Es gab eine Absperrung, wegen des Schnees, die wir jedoch beide in stummem Einverständnis ignorierten. Dann passierten wir eine Stelle, an der es neben dem schneebedeckten Weg steil hinunter ging. Unten floss rauschend der teils vereiste Bach. Mir rauschte das Blut in den Ohren.

Raoul Perrier blieb abrupt stehen und drehte sich nach mir um.

»Ich weiß, was Sie vorhaben«, sagte er.

»Ach ja?«, sagte ich

»Ja. Es ist genau wie in meinem Hotelkrimi, den ich gerade schreibe. Der Plot lautet: Krimiautor geht seinen Fans so lange auf die Nerven, bis sie ihn umbringen. Und zwar hier, in der Schlucht.« Er grinste triumphierend. Ich schwieg.

»Wissen Sie«, sagte er, »als Krimiautor interressiert es mich, wie es dazu kommen kann, dass ganz normale, gesittete Menschen zu Mördern werden. Und jetzt sind Sie, ein netter Mensch mit bislang untadeligem Lebenswandel, gerade kurz davor, mich in die Tiefe zu stoßen. Das ist großartig, mit Verlaub! Sie waren mein Versuchskaninchen. Nichts für ungut.«

»Es war also ein Experiment«, sagte ich.

»Ja.«

»Ob Ihr Plot funktioniert.«

»Ja, genau«, grinste Perrier.

»Das tut er«, sagte ich.

Leider musste die Lesung der Hotelkrimis ohne Raoul Perrier stattfinden und da es am nächsten Tag heftig und lange schneite, entdeckte man die Leiche des Schriftstellers erst an

Ostern. Der ermittelnde Kommissar stieß in Perriers Laptop auf eine seltsame Geschichte, die quasi seinen Tod vorwegnahm, aber der Staatsanwalt lehnte das Werk als Beweismittel ab und ging weiterhin von einem selbstverschuldeten Unfall wegen leichtsinnigen Verhaltens aus. Denn schließlich war es ja nur eine Geschichte.

Die Autorin

Susanne Mischke ist in Kempten im Allgäu geboren. Sie hat an die zwei Dutzend Kriminalromane veröffentlicht, darunter Jugendkrimis, All-Age-Thriller und zahlreiche Kurzgeschichten. Für das Buch *Wer nicht hören will, muß fühlen* erhielt sie die Agathe, den Frauen-Krimi-Preis der Stadt Wiesbaden. Mit dem Roman *Der Tote vom Maschsee* begann ihre erfolgreiche Hannover-Krimiserie um Kommissar Völxen, sein Team und seine Schafe, die über die Grenzen Niedersachsens hinaus großen Erfolg hat. Die Autorin lebt in der Nähe von Hannover.

Susanne Mischke im Internet:

www.susannemischke.de
www.facebook.com/SusanneMischke.Autorin

Nachweise

Tod einer Weinkönigin erschien in *Nur Bacchus war Zeuge*, Emons, 2006.

Gnadenlos erschien in der *Süddeutschen Zeitung*, 1996.

Sheepnapping erschien unter dem Titel *Tulpen für den Kommissar* in der Zeitschrift *Landidee*, Heft Nr. 5, 2014.

Weißlacker-Junkie erschien in *Mörderische Leckerbissen*, dtv, 2013.

Hölle, Hölle, Hölle erschien in *Eiskalte Weihnachtsengel*, Heyne, 2013.

Amadeus' Unschuld erschien in *Sie kriegen jeden*, dtv, 2015.

Down Under Arosa erschien in *Freche Frauen auf der Piste: starke Geschichten*, Piper Verlag, 2005.

Vier Barleichen und ein Todesfall erschien unter dem Titel *Die Abrechnung oder Vier Barleichen und ein Stromausfall* in *Ein Bier, ein Wein, ein Mord*, zu Klampen, 2012.

Schall und Rauch wird hier erstveröffentlicht.

Die geheime Pilzstelle erschien in *Mord macht hungrig*, Rowohlt Verlag, 2016.

Ein böser Ort erschien in *Gute-Nacht-Geschichten für Männer, die nicht einschlafen wollen*, Piper Verlag, 2005.

Seitenlinien erschien in *Muscheln, Mousse und Messer*, Conte, 2010.

Karlo muss sterben erschien in *Maria, Mord und Mandelplätzchen*, Knaur, 2011.

Bestien erschien unter dem Titel *Die Bestien* in *Niedertracht in Niedersachsen*, KBV, 2012.

Autorenplage wird hier erstveröffentlicht.

Susanne Mischke

Mordsweiber

Kleine böse Geschichten

Hardcover, 220 Seiten
ISBN 978-3-86674-177-5

Frauen am Rande des Nervenzusammenbruchs? Zugegeben, nicht immer behalten die Damen in Susanne Mischkes Kurzkrimis einen kühlen Kopf, aber dennoch sind sie ganz schön durchtrieben. In siebzehn Erzählungen schlägt die Autorin kurz und erbarmungslos zu, mal grimmig, mal komisch. Manchmal trifft es sogar den Richtigen, doch es gibt auch Kollateralschäden. Aber Bangemachen gilt nicht.

»… poetisch, unterhaltsam, witzig, spannend, böse, beklemmend, thrillig …«

ZKN-Nachrichten

zuKlampen!

Susanne Mischke / Bodo Dringenberg (Hg.)

Ein Bier, ein Wein, ein Mord

7 hannoversche Kneipenkrimis

Paperback, 10 x 15 cm, 142 Seiten
ISBN 978-3-86674-178-2

Sieben ausgewählte Lokale Hannovers als Schauplatz oder Hintergrund verbrecherischer Handlungen zu versammeln, ist ein Novum. So verschieden in »Ein Bier, ein Wein, ein Mord« die Tatorte sind, so unterschiedlich gestalten die Autorinnen und Autoren auch ihre »Fälle«: Richard Birkefelds Krimi spielt im *Plümecke*, Bodo Dringenbergs im *Kaiser*, Karola Hagemanns im *Fiasko*, Cornelia Kuhnerts im *Teestübchen*, Susanne Mischkes im *Oscar's*, Christian Oehlschlägers im *Kalabusch* und Egbert Osterwalds bei *Salz & Pfeffer*.

»Ein lesenswertes, kurzweiliges Büchlein.«
Magascene Hannover

zuKlampen!